おいしい俳句

続・旬の菜事記

向笠千恵子

本阿弥書店

目次

秋

冬

装幀　渡邉聡司
扉写真　向笠千恵子

◆『食べる俳句』掲載項目

新年

雑煮
喰積
伊勢海老
七草粥

春

ふきのとう・ふき
白魚
菜の花
わかめ
山葵・山葵漬
木の芽・山椒の芽
にしん
白酒・雛の菓子

夏

苺
筍
じゅんさい
鰹
新茶
青梅
鮎
なす
ほや
うなぎ
きゅうり
鮑
冷素麺
水羊羹
心太
かき氷
甘酒

秋

枝豆
新蕎麦
きのこ
栗
新米
里芋
さつま芋
唐辛子
新豆腐
黒豆
柚子

冬

干し柿
ぶり
牡蠣
すき焼き
ねぎ
新海苔
雑炊
干し大根
葛・葛湯
ホットケーキ

おいしい俳句

続・旬の菜事記

向笠千恵子

新年

数の子

世に魚卵好きは多い。お安いものならトビコ、まあまあの値段はたらこ、めんたい、イクラ、そしてここ一番の覚悟で財布を開くのはキャビア、数の子か。一腹に数万もの卵が詰まっていることに生命の尊厳を感じつつも、ぷちぷち、ぷつぷつ、ねとりねっとりの粒々感に魅せられてしまうのが、日本人の嗜好なのだろう。つまり、魚卵は、まずは食感、そして卵から生じる口中音楽を楽しみ、そのあとに濃厚な味覚を楽しむ三段構えの食べものなのである。

数の子を噛む帰り米ぬおもひ噛む　　殿村菟絲子

それにつけても、魚卵というものは、親魚のお腹から取り出したままでは大した味ではないのに、塩、醤油、酢、唐辛子などで味を含ませたとたんに、おつな風味が生まれてくる。まだ卵だから、自己主張しないのであろうか。

といっても、たらこ、イクラをはじめとして大半の魚卵は調味済みが市販されているので、自分で手をかけるとなれば、師走が近づくと急に脳裏に浮かぶ数の子が代表だろう。もちろん、味付け数の子も幅をきかせているし、おせちセットに入っている出来合いの数の子で済ませてしまう手もある。でも、新潟の某名店の数の子鼈甲漬けのように、すばらしい風合いの調味数の子もあるから、なかなかに奥が深い。

ちなみに、おせち料理に数の子が欠かせないのは、粒の多さが子孫繁栄を連想させるからだが、今の時代では、この縁起に思いを馳せる人がどこまでいるだろう。

とはいうものの、年に一度は、正月迎えの助走として自家製数の子を手がけてみたい。わたしもその一人で、十一月後半になると、デパートの食品売り場で数の子の入荷をチェックしてしまう。押し詰まると値段が急上昇するし、干し数の子なら戻す時間、塩漬けなら塩抜きの手間が必要だし、どちらにしても味をじっくり含ませる時間が大切だ。この数年は、現代の名工でおせち名人の東京會館・鈴木直登和食総調理長のレシピ通りに仕込み、除夜の鐘の直前に味の染み込みを最終確認する。これが旧年中の最後の仕事である。

歯ごたへも亦数の子の味とこそ　稲畑汀子

数の子の語源は「かどの子」で、かどとはにしんのこと。卵の多さから「数」の字をあて、訛って数の子になったようだ。歳時記では、正月の項に数の子と並んでかどの子が出ていて、「数の子製す」は春の季語になっている。わが莵絲子師のリリカルな句も、また稲畑さんのきっぱりとした句も、数の子の食感がそのまま人の世の喜びと悲しみにつながっている。

また、下鉢先生の次の句にも唸ってしまった。まさしく、人は新年に数の子を嚙みつつ人生の句読点を刻むのだ。

数の子を嚙む人生の句読点　　下鉢清子

ところで、かどの子で思い出すのは、山形県新庄市の「かど焼きまつり」。当地ではにしんを今でもかどと呼び、例年ゴールデンウィークの頃には、市内の最上公園はかどを焼く煙でおおわれる。折しも桜どきで、満開の桜のもと、卵を抱えたにしんの塩焼きをほおばり、酒を酌み交わして春の到来を喜び合うのである。

この行事が定着しているのは、かどが春告魚として愛されているからだ。内陸部の豪雪地帯である新庄では、その昔は冬季には鮮魚は運搬できなかったので、雪解けとともに到着するにしんを心待ちにしたのである。

数の子噛むぷちぷち音の生まれたる　　下鉢清子

新庄のにしんは、酒田から最上川の舟運で運ばれてきたが、その産地は北海道である。明治から昭和初期まで北海道はにしん漁で湧き、にしん御殿が建つなど、その盛況ぶりは「ソーラン節」に歌われたものだ。副産物である数の子にしても、国産が安価にいくらでも入手できたが、にしん乱獲や海流の変化にともない、昭和中期からは激減。輸入に頼るようになった。

そういえば、かつてのアンカレッジ空港での光景が忘れられない。アンカレッジ経由でアメリカに飛んでいた時代、空港売店でアラスカ産の子持ち昆布が盛んに売られていたのだ。昆布にびっしり産みつけられた数の子である。地元では誰も見向きしないが、日本人の数の子好きを当て込んで商品にしたのであろう。それから幾星霜……今、子持ち昆布のない寿司屋は皆無といっていいくらいで、酒のあてに、にぎりのネタにと活躍している。ぷちぷちと口中で弾ける食感は、いつの時代の日本人にとっても快感の極みなのだ。

数の子を好みし祖母の忌日かな　　千恵子

春

うど

春の香りを運ぶ野菜は数々あるが、江戸らしい匂いがするのはうどである。うどは山菜だから、江戸とは縁遠いだろうという声があがりそうだが、じつは江戸っ子はうどが大好きだ。季節の先取りが大好きで、初物は七十五日寿命が延びるといって喜んだのである。のびると酢味噌で和えたぬたをはじめ、あんこう鍋のざくに入れたり、吸い物に浮かせた。さくさくしゃきしゃきの歯ごたえと、きりりと引き締まった芳香は江戸人の気っぷにぴったりだった。そんなうどのおいしさに郷愁を覚えるようなら、あなたは味覚の江戸っ子度が相当に高い。

山独活の香の潔し歯にひびき　　殿村菟絲子

うどはウコギ科タラノキ属の多年草で、「うどの大木」といわれるように、高さ二メートル以上の大木になるが、茎がやわらかいので食用にする以外は無用の長物。だが、芳香と歯ごたえは類がなく、すでに平安時代から食べられていたという。

もっとも、江戸時代後期以前のうどはもっぱら山うどだった。山野に芽を出す天然のうどである。殿村先生の句が言い得ているように、野趣に富んだ香りが一段とすばらしい。深川生まれで、おきゃんな気質をおもちだった菟絲子師が嬉々としてうどを噛むお姿が浮かんでくる。

山独活のひそかなる香の我が晩餐　　有馬朗人

また、山の宿で地酒を楽しみながら、うどの天ぷらやぬたを味わうのもいいものだ。有馬さんはどのようなうど料理がお好みだったのだろう。そういえば、うど和えや酢うどといったうどの小鉢ものも春の季語になっている。う、ど、の二音には、鮮烈な香と歯切れのよさをイメージさせる力がこもっているのだ。季語でいえば、もやしうどというものもある。これがいわゆる軟白栽培のうどで、冒頭に記した江戸っ子好みの味だ。もやしと同じく、太陽にあてないまま色白にやわらかく育てる栽培法である。

東京の足元をよく見ると、黒い表土の下は関東ローム層と呼ばれる赤土だ。関東周辺の火山が二〜三万年前に噴火して降り積もった火山灰で、とりわけ江戸の西郊では数メートル厚さに堆積している。ここを掘れば容易に穴蔵ができるし崩れにくいから、この中でうどを育てれば雨風にも太陽にもあたらずにすむ。

そこで、井戸のように穴蔵を掘り、縦穴の底から四方に横穴を掘り進めて、そこをいわばうど畑にしたのである。もっとも、当初は浅い穴を掘った中にうどの株を植え、むしろで覆って発芽させるという程度の仕掛けだったが、次々に工夫を重ねていき、その知恵は現代の東京うどの主産地である立川市、小平市、三鷹市などのうど農家にもそのまま伝えられている。

北風が強い早春の一日、わたしは、江戸中期からの農地で実直にうどをつくり続けている農家を訪ねた。さっそく穴に潜らせてもらったら、とてもあたたかい。湿気も多くて、からからに乾燥した東京の空気とはまったく異なる。そして、闇の世界に白いオブジェのようなうどが林立していた。武蔵野台地の赤土の匂いを放ちながら、グリム童話に出てくる夜の森そっくりの、ぼおっとけぶる幻想的な空間である。江戸の粋な味覚がヨーロッパのメルヘン世界から生まれるとは……いえいえ、歌舞伎・助六の舞台が元々は超アバンギャルドであるのと同じなのだろう。


うど食めり互に音を聞かせつつ　　和田順子

しかし、うどを地下に植えるまでにはたいそう手間がかかる。一年間元種として育てた後に株分けし、群馬・赤城山麓の高冷地へ運んで肥育する。ぐんぐん育って大木になったら、秋を待って地上部が枯れたところで根株を掘り出し、東京へ戻す。この場合、秋が早くて枯れやすいのが幸いするのだ。そしていったん冷暗所で冷やし、冬がやってきたかのように錯覚させてから穴蔵へ植え込む。あたたかく穏やかな環境のなかで、うどは休眠から目覚め、白い芽を伸ばして成長するのである。七十センチほどになったら、根元をすぱっと切って収穫だ。

生産農家の主婦の料理法はざっくばらんで、しかも採りたての香りが生きている。たとえば、小平の料理自慢の奥さんは地粉でつくるすいとんにせん切りのうどをたっぷり散らす。里芋、大根、にんじん、厚揚げなどのおなじみの具までうどの効果で風雅な香りにくるまれるので、しゃきしゃきした食感がいっそうきわだち、どんどん箸がすすんでしまう。和田先生の句が喝破しているように、うどとは、隣り合うもの同士が心地よい響きを立て合い、その音色を分かち合いながら楽しむ野菜なのである。

地下むろの独活へと続く黄泉の梯　　千恵子

芹

春を告げる野草といえば芹。おおむね清水の湧く水辺に生える多年生草本で、同じ環境で育つクレソンとイメージが重なるけれど、じつはまったく異なる。クレソンは明治時代に伝来したアブラナ科植物で、オランダガラシという和名をもつが、芹は日本原産でセリ科なのだ。

芹を味わうなら、一に秋田名物きりたんぽ鍋。比内地鶏とあきたこまちのきりたんぽが主役の鍋物だが、正確に言えば芹が加わってこその美味である。

芹の魅力は香りだ。成分中の精油（芳香性揮発油）に由来するもので、万葉歌人が芹を摘む光景を詠んでいるのも、香りに心をとらえられたからではないだろうか。口あたりはしゃきしゃきと小気味よく、さえざえとした緑もおいしさのうち。カロチン、ビタミン、カルシウムを含み、体にもいい。

そんなふうにプラスイメージしか思い浮かばなかったのだが、最近、「芹摘む」という言葉を知って、唖然とした。広辞苑には、「恋い慕ってもむだなことにいう。また一般に、徒労なこと、思い通りにゆかぬことにいう」とある。平安時代、身分のいやしい男が高貴な女性の芹を食べる姿を見て恋い焦がれ、芹を摘んできて〈芹摘みし昔の人もわがごとや心にものの叶はざりけむ〉と詠んだが、気づかれることなく失恋したという説話によるものだ。恋情はともかくも、思い通りにいかない人生を歩んでいるのは、現代の老若男女みな同じである。もちろん、わたしも例外ではない。

これきりに径尽たり芹の中　　与謝蕪村

さすが蕪村、芹の生える景観をぴたりと詠んでいる。岸辺に広がる芹の群れに引かれて摘み始めてはみたものの、やがて水の中に踏み込んでしまったのではないだろうか。

わたしの芹の体験は、東日本大震災以前の宮城県でのこと。東北新幹線が仙台駅へすべり込む手前の名取市増田地区は、湧き水が豊富で、転作田を活用した芹栽培が盛んだった。仙台芹というブランドで東京市場へも出荷されている。芹は、春の畦道などに育つ田芹と、水中で越冬する丈の長い水芹に大別でき、水田で育てるのは後者である。田芹は茎葉が赤味を帯びていて野趣があり、お好み焼きに入れるとおいしいが、高貴さの点では水芹が一歩まさる。

水嵩の増しくる如く芹洗ふ　石川桂郎

名取では地下から湧水を汲み上げ、パイプで芹田へ流し込んでいた。現代の芹栽培は設備投資がたいへんなのだ。ただ、栽培そのものは意外に簡単で、芹田に残しておいた切り株を植え替え、芽出しさえすれば約一か月で収穫できる。秋口から春までずっと生産可能だが、「香り、色、歯切れの三拍子揃うのは、寒いうちに限る」と聞いた。

染み通るような寒さの中での作業は、江戸時代の足立の芹農家の苦労とさして変わらない。というのは、東京周辺では荒川沿いの足立地区が昭和三十年代までは芹産地だったのだ。茎が長いほど高値がついたため、農家は冷たい水に入って栽培した。芹の成長に合わせて芹田の水位を上げながら茎を伸ばしていったのである。

芹すぐ濁りたちまち過ぎゆけり　岸原清行

ただし、芹は厳しい肉体労働をいやしてくれる野菜でもある。名取では「脳卒中予防になり、二日酔いにもきく」という声が多かった。ごま和え、かき揚げ、塩漬け、おひたし、味噌汁の実……。芹農家の食卓は、かすかにほろ苦みを抱えた芹の風味と爽やかな香りにあふれている。
そういえば、このあたりの領主だった伊達政宗は芹が大好物だったといわれ、〈七種を一葉に寄せて摘む根芹〉の句が伝承されている。そんなことも影響しているのか、仙台雑煮には芹が不可欠だ。だしは石巻・長面浦や松島湾のはぜの焼き干しを使うのが正統派で、はぜと昆布でとっただしを塩、醤油で調味し、焼き餅と大根、にんじん、ごぼうのせん切り、凍み豆腐、かまぼこ、いくらなどを入れ、仕上げに青々とした芹をどっさりのせる。

梁太き山家の厨芹匂ふ　長谷川あや子

仙台の友人に教わった芹料理がもう一つある。雪鍋である。だしに酒粕を溶きのばして塩、醤油で味をととのえ、かき、たらなどの海の幸、豆腐、白菜、ねぎを煮、最後に芹のざく切りをこれでもかというほど入れて一煮立ちさせる。酒粕の白と、芹の緑の対比が春の訪れを伝える。名取も仙台も東日本大震災で大災害を受けた地だ。芹たっぷりの食卓が地元の家庭に戻っていることを祈りたい。

芹の束解けば水音よみがへり　千恵子

小松菜

ポパイのスタミナ源で知られるほうれん草に比べ、キャッチフレーズのない小松菜は地味な印象である。ビタミン、カルシウム含有量など青菜としての実力は互角以上であるうえ、東京のお雑煮には不可欠な野菜なのに、何ともお気の毒だ。「名を取る」の縁起をかついで、菜とり雑煮の異名のある東京雑煮の「菜」とは小松菜のことなのだ。

井の水もけふ豊かなり鶯菜　　石田あき子

その小松菜が再注目されてきた。キャッチフレーズが付いたのだ。それは「江戸東京野菜」という顔。江戸東京野菜とは、参勤交代が盛んだった江戸時代に、各地から種子が持ち込まれたのを契機として、江戸とその後の東京に定着した野菜だ。現代の東京で種子を自家採取または生産者間で融通しながら生産、出荷しているものという条件のもと、令和元年十二月時点で五十品目が認定されている。

小松菜の由来は、徳川の将軍がらみ。時代は、アブラナ科ツケナの一種・茎立が広まり、下総国葛飾郡小松川村（江戸川区中西部）で新種が開発された頃。このあたりは、荒川の河口沿いで水に恵まれてよい野菜がとれ、運搬にも便利で、江戸の食卓を支えていたのだ。そんな小松川へ八代将軍・吉宗が鷹狩りにやって来た。地元の香取神社で休憩の折り、神社で地元農家の冬菜と餅入りの澄まし汁を差し上げた（菜とり雑煮の原型！）ところ、将軍がいたく気に入り、冬菜に地名ゆかりの小松菜という名を与えた。

寒いさなかの鷹狩りで疲れた身には、熱々の雑煮がうれしいし、椀の中にたゆたう菜は緑が美しく、口に運べばやわらかくて美味。御殿の奥の奥で食べる冷めた御膳にあきあきしていた将軍が喜ぶのは当然だろう。

前出の句を詠んだ石田波郷夫人・あき子さんは、小松川にほど近い江東区砂町に住まわれていた時代があるから、きっと小松菜に日頃から親しんでいたのだろう。なお、歳時記では小松菜は冬菜の仲間として冬の季語とされ、また小松菜のつまみ菜である鶯菜は春の季語になっている。たしかに小松菜は厳冬期に霜をあびると味が優るし、鶯菜は鶯の鳴きはじめる春になると生え揃う。

江戸川の小松菜畑日のあたり　　近藤れい

やがて小松菜は小松川から全国区の野菜に出世していったが、発祥地でも大切に栽培されてきた。近藤さんには〈マンションを過ぎて小松菜畑かな〉という句もあり、現代の小松川のやわらかな情景をよくとらえている。

こんなシーンは、小松川から少し東寄りの鹿骨でよく見られる。ＪＲ総武線新小岩または小岩駅から南へ車で三十分ほど、地下鉄東西線葛西駅からならばもっと近い。以前訪ねたときに高齢の農家に聞いた話では、「鶯菜というのは小松菜の赤ちゃんで、種を蒔いて十日ぐらいのちっちゃいやつ。汁の実に喜ばれたんだね」とのこと。鶯の時季なので鶯菜と呼んだとは、しゃれていること。

そのとき得た知識をもう一つ。昭和二十年代半ばまではリヤカーで築地市場へ運んだとか、葉の大きさは五寸（十五センチ）が喜ばれて伸びすぎは半値になったそうだ。三十センチはゆうにある現代の小松菜からみると、小ぶりもいいところだが、鶯菜を喜んだ江戸っ子気質に共通するかわいいもの指向がうかがわれる。現代、海外で注目されている日本のガールズファッションのかわいらしさ至上主義と底流は同じなのかもしれない。

栽培の小松菜つまみ汁に入れ　　小宮山八重子

そういえば、今ものの小松菜でも、中心の若菜だけ選んでおひたしにすると、みずみずしい若緑の味がして、やみつきになる。というのも、現代の小松菜の食感が硬めなのは、栽培効率やダンボール箱詰めに都合がいいように、葉も茎もしっかりしているチンゲンサイと交配しているからだ。茎や外葉ががっちりしすぎているのは、けっして小松菜のせいではない。

そこで、江戸東京野菜の伝承活動では、絶滅しかけた伝統品種を守っている。小松川地区で栽培されてきた後関晩生小松菜と、世田谷城南エリアで古くから栽培されてきた類似の城南小松菜の二種を伝統小松菜と名付け、周囲の宅地化にめげず頑張っている篤農家たちに栽培を託しているのだ。東京の西側の農家ばかりなのは、発祥地・小松川方面の農家は交配種が中心になっているからだ。

伝統小松菜は、根が太く、茎はやわらかで、一株に付く葉は少ないが、えぐみがない。この冬は、ちょうど誕生日に小松菜の荷が到来し、茹で上げた小松菜の緑の美しさに、一歳年を取る口惜しさが癒された。

小松菜の緑さえざえ誕生日　　千恵子

水菜

芹、クレソンが大好きなので、同じ水辺育ちのイメージを持つ水菜には惹かれるものがあった。スーパーでよく目につく淡い緑色のやわやわとした葉菜である。ところが試してみると、芹ほどには香りがなく、クレソンのようなほろ苦みも感じられない。でも、いいこともある。鍋や汁ものの具、おひたしだけでなく、アクがないから生で食べられ、サラダやパスタに合う。

万事あわただしい時代にあってはとても便利な野菜である。その証拠に、外食のランチタイムでは和食からイタリアン、中華にまで水菜が使われている。プロのシェフにしても、彩りに緑がほしいときに重宝するのだ。そのうえ、見かけによらず栄養があり、ビタミンCや繊維質のほかにも、鉄分とカルシウムが豊富で、造血作用のある葉酸も含む。

水 菜 採 る 畦 の 十 字 に 朝 日 満 ち　　飯田龍太

調べてみると、なんと水菜は子供のころに大好物だった京菜の仲間だった。当時の京菜は、うちでは母が塩漬けにしたり、鍋の具として使っていた。一株が白菜のようにでっかくふくらんでいて、深く切れ込みの入った緑の葉と純白の茎の対比が美しく、しゃきしゃき、しゃりしゃりとした食感は子供の舌にも唯一無比の爽快さだった。

それなのに、昭和の終わりには東京から姿を消してしまい、入れ替わるように改良品種の水菜が登場した。株は小ぶりだし、食感もしなしな。京菜の仲間と思えなかったのはわたしだけではないはずだ。

水菜が首都圏に普及したのには理由がある。京都では賀茂なすに代表される京野菜のブランド化に成功した後、京菜を改良して「京みず菜」の名で売り出したのだが、その好調ぶりを見て関東の葉物産地が追いかけたのだ。

水菜はアブラナ科越年草で、別名は京菜、千筋菜、糸菜など。肥料いらずで畑の土と水だけで育つことから水菜となり、京都が古くから主産地だったために京菜、茎の本数の多さや細さから千筋菜、糸菜の名が付いた。また、壬生菜は水菜の同種同変種といわれる。水菜は切れ込みのあるギザギザした葉だが壬生菜には切れ込みがない。そういえば、京都のお料理の先生に「水菜は切れ葉、壬生菜は丸葉と覚えたらいいんです」と教わった記憶がある。

水菜は、京都では冬野菜とされるが、歳時記では春の項に入る。語感からいえば春のものだから、一句ひねるには春の季語のほうがありがたい。

京菜洗ふ青き冷たさ歌うたふ　　加藤知世子

水菜は大阪でもおなじみで、とくに鯨のハリハリ鍋には欠かせない。かつおだしに醤油で薄味をつけた煮汁で、鯨肉を水菜のざく切りと一緒にさっと煮る簡単煮物だ。葉のしゃきしゃき感を「ハリハリ」と直截に表現したところが、食い倒れの街・大阪らしい。
また鯨をそうそうは食べられないからと、油揚げと水菜を煮る始末料理もある。油揚げの油っけを水菜が吸い込んで、これまたおつな味わい。お酒によく、ご飯にも合う。ここまで書いてきて、やっぱり、昔の京菜のようなしゃきしゃき感がおいしいと、自分の好みを確信した。そして、心は福井へ飛んだ。

母とほく姉なつかしき壬生菜かな　　大石悦子

福井には水菜とは付くもののアブラナ科在来菜種群に属し、香気や苦みがあって甘味が強い勝山水菜があり、こちらもまた油揚げと煮ると絶品である。かつお節をふりかけたおひたしやお葉漬け、豚肉と大根おろしのみぞれ煮も何度でも繰り返しつくりたい味だ。勝山とは豪雪で知られる奥越・勝山市のこと。勝山水菜は当地の雪溶け水をしっかり吸って育った、いわば水の精で、一般にいう水菜とはまったく別物。緑の濃い葉だけでなく花芽から伸びる太い「とう」もおいしい。

まだ雪の残る二月末、勝山に春を告げる左義長まつりの頃からが水菜の収穫期。自家採取しながら種子が伝えられてきただけに、集落ごとに茎の色や風味が微妙に違い、それを食べ比べるのも旅の楽しみだ。豪雪を逆手にとって名物を育て上げた人々には心底、頭が下がる。

畦深く水の衣の水菜かな　西浦すみ恵

こんな勝山水菜に西浦さんの句はよく似合う。彼女には〈水菜洗ふふんはり光積上げて〉の句もあり、口ずさむほどに水菜の清らかさが立ち上がってくる。ともあれ、改良品種にはない在来種野菜ならではの力強い風味を存分に楽しもう。

北越の水と光や水菜生る　千恵子

イタドリ（虎杖）

加賀・白山から葉書が届いた。「山のもんが、春のもんがとれました。春をはじめます」とある。白山の麓で摘草料理の宿をいとなむご夫婦からの便りで、読んだとたん、北陸新幹線に飛び乗って白山へ駆けつけたくなった。しかし、その翌日からは信州、飛騨、越前と、次々に山菜の便りと誘いが届いて、くらくらしてしまった。

ああ、そうなのだ、この国の人たちは、春の喜びを山菜の収穫から実感するのである。スーパーの店頭には、ご先祖さまが苦労して野生植物から栽培化してきた立派な野菜が並んでいるというのに。……でも、それよりももっと、自然の息吹きを肌で、そして舌で味わいたいのである。

いたどりの一節の紅に旅曇る　　橋本多佳子

日本ほど多種多彩な山菜を食する国はめったにないそうだ。経験則によって栄養価と安全性をみきわめ、漬物や乾物という保存法を工夫したうえ、里山の手入れなど生態系の維持まで配慮してきた知恵はすばらしい。

山菜には、全国的に有名な山菜と、知る人ぞ知る存在の隠れ山菜がある。後者の代表は、タデ科多年生植物のイタドリ（虎杖）。生で齧ると酸っぱいところからスカンポともいい、歳時記ではどちらも春の季語になっているが、異名も数々ある。和歌山ではゴンパチ、秋田はサシボ、兵庫ではダンジといった具合だ。ゴンパチとは、イタドリの枯れ枝を焚き火に入れると、ゴンと音がしてパチパチとよく燃えるからと、紀州の山人に聞いたことがある。擬音語が名前になるほどに愛されているのだ。

そもそも、イタドリという語源からして愉快だ。皮が糸状にむける糸取りから転じたとか、若葉を当てると痛みが取れるとかいった説で、漢字で虎杖と表記するのは、黄緑色の新芽に小豆色の斑点があり、それが虎の皮の模様に似ているためとか……ちょっとうがち過ぎのネーミングは、きっと文人趣味によるものだろう。

すかんぽや千体仏の間より　　星野立子

イタドリを一年中食べるのは土佐である。高知名物の日曜市では朽葉色をした塩漬けがいつでも売られていて、塩抜きして調理すると、さっくりしゃきしゃき。酸っぱみの強い生のときの味とはまったく別の風合いになっている。また、ちょっと日なたくさくて、玄妙という言葉がぴったり。成分中のシュウ酸が塩で消え、えぐみも抜けている。

　塩漬けのイタドリは油と相性がよく、油揚げと煮たり、炒めたりするとおいしく、土佐流おもてなしの皿鉢料理に欠かせない田舎ずしのネタにも欠かせない。

　いたどりや麓の雨は太く来る　山本洋子

　というわけで、イタドリを愛することでは高知人が日本一だと信じ込んでいたのだが、近年、信州の南木曽も負けていないことを知った。地元の女性グループがイタドリで地域活性化をはかっているのだ。

　リーダーは、妻籠宿近くの木地師の里にある「木地屋やまと」四代目・小椋正幸さんの母・シガ子さん。木地師とは木材をろくろで挽いて椀や盆に加工する技能者のこと。平安初期に近江の山奥に隠棲した惟喬親王のお墨付きを得て諸国の山歩き自由という特権をもっていた。小椋一家はその末裔で、正幸さんも見事な腕とセンスの持ち主だ。そして、シガ子さんは息子の器にイタドリ料理を盛り付けて客人にふるまうほか、次々と新メニューを開発して、地元の催事で販売しているのである。

イタドリはすべて塩漬けにしてから使う流儀で、こりこりしていて、酸っぱしょっぱく、古漬けのたくあんのような枯淡な味がたまらない。塩いかとの酢の物は、一癖あるイタドリが、これまた一癖ある塩いかと張り合いつつ、甘酢が両者を上手に取り持って、いい味を生んでいる。蕗味噌和えは、油炒めした蕗のとうの苦みがイタドリのよき引き立て役。ピクルスはサンドイッチやポテトサラダにも合う。押しずしは、しゃきしゃきしたイタドリがすし飯に弾みをつけてくれるから箸が何度も伸びる。また、山桜の塩漬けとの寒天寄せは、山家の異色スイーツである。

虎杖を噛めばどこかに幼な顔　尾形不二子
すかんぽを噛んで日暮れの帰道　浅岡えい子

シガ子さんは仲間と一緒にイタドリの加工場をつくり、次は古民家を改装した農家レストランをオープンする予定である。山の生態を知り尽くした木地師の里発のイタドリ料理が都会客を喜ばせる日はまもなくやってくるだろう。

虎杖ずし渋く清らな精気満つ　千恵子

アスパラガス

五月になると、奥信濃・飯山からアスパラガスの知らせが届く。アスパラガスは、ウクライナやロシア南部から南ヨーロッパにかけてが原産の多年生草本で、冷涼な気候を好む。それだけに、国内では北海道や長野県北部などで生産が盛んで、長野では飯山が収穫量第一位なのだ。

わたしは取材がきっかけで飯山へ通うようになり、アスパラガスに開眼した。飯山は豪雪地帯なので、森のミネラル分をたっぷり含んだ雪解け水が地下水となって田や畑をうるおす。そのため、米、野菜がとてもおいしくできるのだが、何といっても九十パーセントが水分というアスパラガスが最高だと思う。すぱっと切ると、切り口からじゅわじゅわっと滴りが滲み出し、舐めると、甘い。昼夜の温暖差が糖度を高めるのである。朝晩の気温がくっきり違う気候は、いいことづくめ。茎のグリーンが冴え、穂先が引き締まり、しかもやわらかく育つのだ。

そういえば、スタミナドリンクの成分でおなじみのアスパラギン酸はアスパラガスから発見されたアミノ酸で、疲労回復、エネルギー代謝に効果がある。それだけでなく、アスパラガスにはカロチン、ビタミンB・C、ルチン、食物繊維もたっぷり。体力も頭もつかう吟行に備えて、大いに食べたいものである。

アスパラガスほのむらさきと掘りあげし　小池文子

アスパラガスは春の季語で、同義語に松葉独活、西洋独活、オランダ独活がある。江戸時代にオランダ人が伝えた当時は観葉植物として人気を集めたというからおもしろい。現代でもカーネーションのあしらいによく使われる、あのちりちりと細かな薄緑の葉を鉢植えにして愛でていたのである。当時は、つくしのような可憐な芽が食べられるとは、お釈迦様しかご存じなかったのである。

明治時代になって、アスパラガスはようやく野菜として認識される。北海道へ新種の野菜として導入されたのだ。このとき奨励されたのが、芽の上面に土を寄せて太陽を遮り、白くやわらかく育てる軟白栽培。これで、ホワイトアスパラがつくれる。生産されたアスパラガスは、すぐにゆでて缶詰にされた。昭和中期以前生まれの世代が、アスパラガスというと、いまだに背高のっぽの缶入りを最初にイメージする所以である。

ところが一九七〇年代に入ると、アスパラガスはまたもや変身する。太陽をたっぷり浴びさせる自然体の栽培法が主流になり、アスパラガスはグリーンになったのだ。もっとも、新鮮な茎の根元は紫色を帯びている。小池さんの句はそこを鋭く見据えているから、アスパラ好きのわたしは、思わずそうそうとうなずいてしまう。

アスパラガス茹でし夕べの雨となる　　田上悦子

最近は、全身が紫色のアスパラガスも店頭に並ぶようになった。紫アスパラガスと呼ばれる。ブルーベリーなど紫色のフルーツや野菜に含まれているポリフェノールの一種、アントシアニンが紫色の正体である。紫アスパラガスはまだ生産量が少ないため高価だが、糖度が高いので、生でも食べられる。ゆでる場合は、アントシアニンが溶け出て色落ちしやすいので、湯にあらかじめレモン汁か酢を落として色止めするとよい。前掲の句、グリーンアスパラガスを詠んでいると解釈するのが普通だろうが、あえて紫アスパラガスを連想しながら鑑賞すると、パープル色の雨が目に浮かんでくる。

雲迅しアスパラガスの伸び盛り　　安原憲子

アスパラガスは、収穫したてを味わうに尽きる。調理はシンプルが一番で、ゆであがったら急いでバターやオリーブ油をからませ、塩と黒胡椒をぱらりとふる。半熟卵の黄身をとろりとかけると映えるし、いちだんとおいしい。和風なら、黄身酢あえ、ごま和え、白和え、酢味噌和え。

とっておきは、アスパラしゃぶしゃぶで、わたしは飯山の料理自慢の民宿で知り、やみつきになった。飯山はみゆきポークというブランド豚肉が特産なので、この薄切りロースを脇役に、朝採りのグリーンアスパラを主役に据える。

アスパラはピーラーで穂先ごと縦に薄くスライスし、山ほど用意しておく。豚肉のほうは好きなだけ用意する。食卓に鍋を持ち出して昆布だしを張り、煮立ってきたら豚肉を入れる。あとはアスパラを次々に放り込み、しなっとしたら、即取り出して、塩やポン酢でいただくだけ。

まことに簡単な料理だが、口中が緑の香で満ち満ち、雪解けのように潤ってくる。だまされたと思ってお試しください。

アスパラガスの滴り甘し朝の畑　　千恵子

にんにく

朝、熟成黒にんにく一片をつまむ習慣を復活させた。土産にいただき、「体にいいですよ」の一言に素直に従ったのだ。健康というフレーズにころりといかない中高年はいない。それに、にんにくの効能には根拠がある。

最近はにんにくが一段と普及していて、餃子やパスタで日々おなじみだし、イタリアンやスペイン料理はにんにくあってこその味わいだ。また、鶏肉のぶつ切りと丸ごとのにんにくをオリーブ油で煮込み、柔らかくなったにんにくをつぶし、鶏肉になすりつけて食べるのは、わたしのとっておきのスタミナ食である。

にんにくはユリ科多年草で、ゆり根と同じく小片に分かれた鱗茎を食べる。でんぷんのほかビタミンB_1など体に効く成分がたっぷり。最近、話題のにんにく注射の正体はこのビタミンB_1が主成分で、にんにくそのものを注射するわけではない。また、にんにくの臭いの素のアリシンは、ビタミンB_1の体内吸収を高める働きをする。

これは想像だが、猪が土から掘り出してぱくついているのを見て、人間が栽培するようになったのではないだろうか。もう一つのパワーの証はピラミッド。あの壮大な遺跡は労働者ににんにくを食べさせたおかげで完成したのだそうな。中国の万里の長城もきっと同じだろう。

雑草を抽きて大蒜畑強し　　石川桂郎

日本では『古事記』『日本書紀』に登場するので、それ以前に大陸から伝播していたのだろう。もっとも、初期は野蒜だったという説もあるが、日本最古の薬物辞典『本草和名』には大蒜と書かれているから、その頃からにんにくだったのは確かだ。

歳時記では野蒜、山蒜とともに春の季語で、同義語には大蒜、にんにくの芽がある。そして、野蒜の花、にんにくの花は、夏の季語。こう見てくると、にんにくがだんだん風雅な植物に思えてくる。

不思議なのはにんにくという呼称で、仏教用語の困難に耐えるとか辱めを耐え忍ぶ意味の「忍辱」に由来するという。にんにくは精が強すぎて魂を失わせる不浄のものとされたが、修行に耐えるスタミナ源にもなるので、隠れ食いされたことによる。また、貝原益軒の「にほいあしくてにくむべし」、つまり悪臭を憎むという別説もある。

寺の門前では「五葷を食したものは入るべからず」といった意味の石柱を見かける。五葷とは韮、らっきょうなど臭いと強精作用のある五種の野菜で、にんにくはその筆頭。

大蒜の花咲き寺の隠し畑　　小川斉東語

薬効は認知されているけれど、臭いが敬遠されるのは昔も今も同じ。『源氏物語』には、ある女性が風邪薬として食べたところに恋人が訪ねてきてしまい、口臭を恥じて仕方なく帰らせるという場面がある。

そんなマイナス面に対処すべく、現代では無臭にんにくが開発されていて、収穫後に真空加工や薬品処理する場合と、突然変移種を用いるケースの二通りがある。なお、中国産の一粒タイプは鱗茎が分化しない品種で、臭いがきつい。また最近はスペイン産も輸入されているが、こちらもけっこう強烈だ。

大蒜の芽は岩木山見て育つ　　小野英明

蔵王背に蒜洗ふ夕まぐれ　　蓬田紀枝子

味の点では、世界一は日本の福地ホワイト六片種。青森県南部地方の田子周辺で生まれた優良品種で、大きな鱗片が四〜六個寄り集まった形をしていて、もっこり太って色白なのが特徴。この品種ができて以来、青森は国産の七割を生産するにんにく王国となり、東北各県を始め全国に普及した。前記の二句を見れば、東北ではすっかり風景に溶け込んでいる様子がわかる。

小野さんには〈吸血鬼らも大蒜に竦みたり〉というドラキュラ男爵がにんにく嫌いとの伝説を詠んだお茶目な句もある。きっとにんにくがお好きなのだろう。

一方、下北半島の付け根の青森県六戸町には、臭いが淡くて味がマイルドな美味にんにくがある。ここは八甲田の峰々を望む地で、痩せた火山灰土と季節風のせいで雑穀しか育たないのだが、骨粉、魚粕、熟成堆肥などをどっさり与え、肥料の窒素を控えるなどの工夫を重ねて、とびきり優良な六片種の栽培に成功した生産者がいるのだ。

六月後半の収穫期にこの畑を訪ねたことがある。にんにくの天ぷら、にんにく入り桜鍋などで一人一キロ分ほどもごちそうになった後、臭いが心配なまま帰路の飛行機に乗ったのだが、周りからのクレームは一切なかった。

惜しみなくにんにくを食み休暇入る　　千恵子

桜えび

縁起食材を見ると、日本人の食の美意識がよくわかる。味だけで満足することなく、姿形や色彩にまで美しさを求め、何らかのめでたさを見出だそうものなら、縁起ものとして珍重するのだ。

その典型はえび。彩りがあでやかだし、腰が曲がったスタイルは長寿をイメージさせる。数々あるえびのうちでも、桜えびほど季節感にあふれたものはない。なにしろ「桜」の冠付きなのだ。実際には、春だけではなく秋漁も行われているのだが、桜えびといえば春の味を連想するのが日本人の感性なのだ。当然、歳時記でも春の季語になっている。

風 に 干 し 日 に 干 し 桜 え び 赤 し　　和田順子

だが、桜えびという呼称は漁期に因るわけではなく、透きとおった桜色の殻を羅のようにまとっていることに由来する。正確にはクルマエビ属サクラエビ科に属する一年生甲殻類で、小指よりふたまわり小さく、すらりとしているから、静岡県民は「駿河の海のバレリーナ」と讃える。ご存じのように、桜えびは駿河湾の特産なのだ。
なお、富山県には白えびという色白の小形えびが棲んでいて、こちらも「富山湾の宝石」の異名どおり、姿も味もすぐれている。列島の背中合わせに位置する駿河湾と富山湾に、紅白の美味えびが存在するとは、まるで紅白の水引が掛けられているようではないか。

さくらえび漁る火明りの渚まで　鈴木雹吉

両者に共通なのは深海に棲むことだが、桜えびのほうは日本最深の駿河湾にいながら、富士川、安倍川、大井川の河口近くの水深二百〜三百メートル周辺で暮らす知恵者だ。川からの栄養分でプランクトンが繁殖しているからだ。そして、闇が下りてくると活動開始。長い髭を揺らして群舞しながら、深さ二十〜三十メートルまで浮遊してくる。だから、船は夕方出漁し、二隻でペアを組んで網を沈める。

とれたてのあけぼの色のさくらえび　本宮鼎三

桜前線が北上し始める頃、日本一の水揚げ港の由比町は桜えび漁の真っ盛り。駿河湾の内ぶところにある由比は東海道の宿場町でもある。

桜えび潮の匂ひの黒眼持つ　小出文子

桜えびの船が帰港するのは深夜で、競りは早朝から。桜えびを満載したトロ箱がところ狭しと積み上げられ、港は一気に活気づく。透明感があって、殻に粘りがない桜えびが上等品で、地元の加工業者たちは、まるで宝石を鑑定するような目付きで桜えびを選っている。

桜えび由比の漁協の朝の耀　倉橋廣

桜えびは殻ごと食べられるから、たんぱく質、カルシウムがたっぷり摂れる。そのため、最近は生のまま冷凍したものや釜上げの出荷が増えているが、やはり、由比伝統の素干しが本流だろう。これは、生をそのまま天日で干したもので、晴天が多い静岡県の海岸部ならではの伝統乾物だ。

富士背負つて桜えび干す翁かな　千恵子

桜えびの干し場は富士川河川敷。黒いネットが一面に敷かれ、加工業者のスタッフが穴あきトレイに詰めた桜えびをぱらぱらと薄く満遍なく撒いていく。やがて足元は桜色の絨毯となり、見上げれば富士山がくっきり。

桜色に濃淡があるのは、無着色と色付け品の違い。天然色素だけで充分美しいのに、余計なことをするものだ。それに、着色えびは桜えびとは別種の安価な小えびを使うことが少なくないから、ご用心。

さて、地元のおすすめ桜えび料理は、一に沖あがり、二にかき揚げ、三に炊き込みご飯。常備菜なら炒り煮がいい。いかにも漁師料理らしい名称の沖あがりは、漁で冷えた体を温められるようにと、獲れたての桜えびを豆腐、ねぎと割下で煮た鍋仕立て。浜の酒席には欠かせない。

かき揚げは生ばかりとは限らず、素干しをさっと戻してから揚げると風味がよみがえる。炊き込みご飯は、もち米を混ぜるとえびがなじみやすい。もうひとつ、醤油味でさっと炒り付けた炒り煮は保存がきいて便利。どう料理してもどう食べても、駿河湾の幸はうるわしい。

桜えびのポーズしてみる夜更けかな　　千恵子

はまぐり

泉鏡花作、坂東玉三郎主演・演出の『日本橋』が映画化され、奇しくも、物語の舞台である日本橋で上映された。日本橋三越前に生まれた複合商業施設・コレド室町の新館に行ったら、ポスターが貼ってあったのだ。この映画は、過日の日生劇場公演をシネマ化したものなので、舞台そのままの臨場感を楽しめる。日生で観劇ずみのわたしは、玉三郎の芸者姿のポスターを見ただけで、場面が脳裏にくっきり甦った。

というのも、この劇は日本橋南詰から一石橋へ向かったあたりの花柳界が舞台だからだ。わたしには土地勘があるところだし、雛祭の翌晩から話が始まる設定なので、雛人形も雛祭の食べものも登場する。わたしのテーマの和食文化の点からも興味が尽きない。

雛祭に供えたはまぐりとさざえを橋から流したため、若い医学士が巡査の不審尋問を受ける場面には、はっとした。大正時代の日本橋川は貝類が棲息できる環境で、潮の香がただよっていたということなのだ。日本橋川は隅田川を経て東京湾までつながっているのだから、当然といえば当然なのだけど、現代の日本橋からは思いもつかない。

蛤の両袖びらきすまし汁

鷹羽狩行

雛祭の膳にさざえやはまぐりが欠かせないのは、この時季に貝類が旬を迎えることと、縁起物だからだ。さざえは小ぶりなものを姫さざえと称するから、女子のお祭りにぴったり。二枚貝のはまぐりは女性の生き方を象徴している。左右の貝殻が他の貝のものとは合わないのは貞節をあらわすものだし、水が汚れると一夜で住み処を変える習性も繊細で好もしい。

ともあれ、貝が大好物のわたしにとっては、春は貝を飽食する季節。はまぐりはちょいと値が張るのが難だが、お雛さまがすんでも、煮はま、焼きはま、酒蒸しと、さまざまに楽しむ。はまぐりには甘味とうま味のもとになるアミノ酸が多く、上品なのに風味が濃厚だから、できるだけシンプルに調理するのが賢い。

十年ほど前、千葉県のＪＲ船橋駅前で漁師のおかみさんらしき女性が、貝を洗面器に山盛りにして売っていた。近づくと、はまぐりではないか。千円で買った荷の重さにも驚いたが、酒蒸しにしたときがまたよかった。潮の香りと貝のうま味がわたしを江戸前の海辺に誘ったのだ。そういえば、船橋には東京湾唯一の干潟の三番瀬があるが、潮干狩りではまぐりが獲れるかどうかこころもとない。

帆の立ちしごとく蛤焼かれけり　阿波野青畝

はまぐりの名の由来は、小石《ぐり》のようにたくさんとれる、栗のような形だから、という二説があるらしい。前者とするなら、昔がうらやましい。はまぐりは水質汚染などの環境の変化に敏感だから、日本はまぐりの漁獲量は激減してしまったのだ。そのため、国産といっても外洋に住む朝鮮はまぐりがほとんどとなり、輸入品も多い。

そうはいっても、はまぐり好きが多いこの国だから、各地にはお国自慢のはまぐりがそれなりに残っている。つい最近も、九州の豊前海の中津近辺や玄界灘に臨む糸島半島の加布里が天然はまぐりの産地と知った。関東で有名なのは茨城県大洗で、歴史があるのは三重県桑名である。

焼き蛤食みて啜りて島日和　山口冨美子

桑名は東海道の宿場町で、伊勢への入口にあたる。名古屋市中心部から車で小一時間で行かれるが、昔の東海道では、熱田神宮前から七里の渡しという船で向かうのが普通だった。その桑名の船着場というのが、ちょうど木曽三川の河口に位置する干潟で、はまぐりには絶好の環境だった。それゆえ、「その手は桑名の焼きはまぐり」という地口も生まれたのだ。

泉鏡花は大のはまぐり好きだったのか、桑名の船着場近くの色街を舞台にした『歌行燈』という小説を書いている。今も界隈には作品と同名の料理屋をはじめ多数の飲食店があって、どこでもおすすめははまぐり料理だ。その一軒に上がりこんで、わたしはいろいろ味わったことがあるけれど、やはり一番は焼きはまぐりだった。座敷に七輪が運ばれ、網の上に大ぶりの貝を並べてもらい、目を見開いて蓋が開く一瞬を待つときめきはなんともいえない。

はまぐりは生きているものを調理するのが原則だから、この焼きはまにしろ、はま吸いにしろ、鷹羽さんや阿波野さんがみごとに表現されているように、帆を立てるがごとく、着物の両袖を開いたごとくに口を開けた一瞬が、すなわち、命をまっとうしたとき。それを喜んでぱくぱくいただいてしまうのがわれわれ人間というものなのだ。

はまぐり籠提げし芸者や日本橋　　千恵子

あさり

日本のテレビドラマ・映画史に残る『私は貝になりたい』は、主人公が慟哭しながらつぶやく台詞がタイトルになっている。フランキー堺主演の第一作が放送された当時、子供だったわたしはこの貝は何だろうと頭をひねったが、すぐにあさりだと決め込んだ。隅田川べりに暮らす下町の子供には、貝といえばあさりが一番身近な存在だったのだ。

ともかく、はまぐりはひな祭りだけのごちそうだったし、しじみはほとんど記憶がない。江戸の町中では「あさりー、しじみヨッ」の売り声が響いていたというが、昭和後期には遠い昔話だった。もしかすると、しじみに合う八丁味噌が渋すぎて、子供の舌には向かなかったのかもしれない。

浅蜊に水いっぱい張って熟睡す　　菖蒲あや

その点、あさりは、東京の子には潮干狩りでおなじみだ。千葉県の船橋や稲毛へ親に連れられていったり、遠足で出かけたからで、熊手であさりを掘りあてたと喜んだら、似て非なるシオフキガイでがっかりしたことも楽しい思い出だ。汽水域を好むあさりにとって、東京湾の遠浅の干潟はうってつけの住処だったのだ。

だが、コンビナートの建設によって潮干狩りができる浜は次々に埋め立てられ、今も残るのは東京湾の反対側の木更津あたりだけ。あるとき、ものは試しと行ってみたら、東京湾アクアラインの巨大な橋げたばかりが目立ち、夢中になって砂を掘った時代ははるか彼方と実感した。

東京湾最奥の船橋は、幸いにも三番瀬干潟が残ったのであさり漁を継続できた。引き潮をみはからって、「じょれん」というステンレス製の大きなかごで砂地を何回もさらうのだ。胸まである長いゴムのつなぎを着てのきびしい労働である。そんな漁業者の苦労を思えば、たとえ一人の食卓でも料理に感謝の念が生まれてくるだろう。

浅蜊汁殻ふれ合ふもひとりの餉　永方裕子

でも、江戸前の貝類はさま変わりした。東京湾に出入りする外国船のバラスト用の海水に混じっていたホンビノスという二枚貝が大繁殖し、あさりが駆逐されてしまったのだ。皮肉なことにホンビノスはあさりによく似ているし、英語のクラムとはこの貝を指すようで、クラムチャウダーの本場・ボストンではホンビノスでつくるのが普通だ。

そんなわけで、船橋ではホンビノスの洋風メニューも開発されているし、ホンビノスの佃煮も立派な名産品である。ただし、ホンビノスは殻が大ぶりなわりに存在感が薄く、なにより風味が淡い。チャウダーやワイン蒸しにするならともかく、味噌汁、佃煮、深川飯には是が非でもあさりを使いたい。江戸っ子としては当然の身贔屓だろう。

あさりの季語は春で、もちろん旬だから、温かくなると店頭でいい場所を占める。首都圏には浜名湖産、愛知県産、熊本県産が出回り、このうち愛知はあさり漁獲量日本一。三河湾に臨む知多半島の日間賀島周辺でよく採れ、この島は「あさり王国」を名乗っているくらいだ。開発の波にさらされることなく、いつまでも産地であってほしい。

浅蜊の舌別の浅蜊の舌にさはり　小澤　實

あさりをおいしく食べるには砂出しが大切で、買ってきたら、海水濃度の塩水の中で静かに休ませる。やがて、固く閉じた殻から一つの貝がちょろっと舌を出し、それに刺激されて別のがまた舌を出して、やがて元気に水まで吹き始める。そのあたりの機微を小澤さんの句は巧みにとらえている。

なお、砂出しには海水からつくった天日塩または釜炊き塩を用いると失敗がない。精製塩で試してみたら貝が開かず、それではと沖縄・粟国島産の塩に替えたところ、キッチンがびしょびしょになるほどに潮を吹き、ボウルの底は砂だらけになった。

木桶より潮飛ばしたる浅蜊かな　　石関双葉

石関さんには〈味噌香る深川飯の浅蜊かな〉という句もあるから、きっとあさり好きなのだろう。深川飯は江戸深川の郷土料理。隅田川の中洲に位置し、目の前は海なので、深川ではあさりがどっさり採れ、値段も安かった。長屋住まいの庶民にはありがたい栄養源で、てっとり早くてうまいと重宝されたのが、このむき身のぶっかけ飯だったのだ。

いつしか深川飯と名付けられ、下町の食事処の品書きにも載るようになったのだが、江戸前の貝が減るにつれて影が薄れた。ところが、池波正太郎の小説や江戸ブームで甦り、現代の深川ではぶっかけと炊き込みご飯の二タイプが客を集めている。わたしはどちらも大好きだが、あさりそのものについては、東京湾産の復活を切に願っている。

浅蜊汁貝殻模様にまづ見とれ　　千恵子

しじみ

春節休暇中の中国人旅行者が目立つデパ地下で、しじみを買った。初夏のような天気が一転して寒の冷えに戻った日で、あつあつのしじみ汁を飲みたくなったのだ。

そのしじみは、津軽の十三湖産に替わって、首都圏で販路拡大中の下北・小川原湖のもの。二百五十グラム入りで五百四十円。安いとはいえないが、それはさておき、産地名より「大和しじみ」の表示が目立つことに注目したい。

日本のしじみには、大和しじみことヤマトシジミ（以下品種名はカタカナ）、琵琶湖固有種のセタシジミ、淡水に棲むマシジミの三種があり、漁で採るのはもっぱらヤマトシジミ。ところが、この種は淡水と海水が入り混じる汽水域でしか生息できない。そのため、排水の増加、河口堰の建設、干拓地の埋め立て等々で産地は減る一方だ。

だが、皮肉なことに需要は伸びているし、価格も上がっている。しじみのおいしさと健康効果が広く知られるようになったからだ。そのうえ、しじみにはビタミンB_2や天然のうま味成分であるコハク酸もたっぷり。消費量が伸びて当然なのだ。だいいち、しじみ由来のアミノ酸・オルニチンのサプリメントの広告も目立っているではないか。

蜆舟いくたびも向き変へにけり　西嶋あさ子

ヤマトシジミの産地なら山陰・宍道湖。湖畔の松江市にはしじみの問屋が何軒もあり、店頭では水揚げされたばかりのしじみが艶やかな漆黒の殻を輝かせている。

宍道湖は、すぐ東に隣接する中海を経て日本海に通じている汽水湖で、中国山地から流れ出す斐伊川が注ぎ込んでいる。この川の上流域の奥出雲は往時にタタラ製鉄が盛んで、今も川水は森の腐葉土の栄養分をたっぷり含む。これを餌にして湖水の植物プランクトンが育ち、そのプランクトンを食べて「宍道湖七珍」として知られる魚介が育つのである。壮大な〝いのち〟の循環の代表がしじみなのだ。

蛇足を一言。宍道湖七珍は、頭の音をつなげて「すもうあしこし」と覚えるといい。鱸、もろげ海老、鰻、あまさぎ（わかさぎ）、しじみ、鯉、白魚である。

しじみ漁は早朝なので、目をこすりこすり湖畔に急げば、漁の真っ最中の小舟が見られる。「じょれん」という熊手の親方のような道具で湖底をさらっては小舟に引き上げるのだ。昇りはじめた朝日にしじみの殻がきらめく。素朴だが力強く、絵になる情景である。

松江の旅館の朝ごはんにはしじみ汁が付き物で、湖畔散策から戻ると、湯気の立つお椀が待っている。

水替へてひと日蜆を飼ふごとし　大石悦子

漁は冬季もずっと行われているから、寒しじみで一句詠めるのがうれしい。とはいえ、歳時記ではしじみは春の項に入り、蜆舟、蜆汁など類語も春のものである。

朝餉かな赤だしのあふ蜆汁　長谷川修子

ところが、土用しじみとなれば、一転して夏の季語になる。この土用しじみで一句つくりたい方におすすめなのは、宮城県石巻市の北上川産「べっこうしじみ」。東日本大震災で津波に襲われたが、漁師たちは黙々と漁を再開している。わたしは震災前に訪ねたことがあり、しじみ漁の船に乗って、あさりかと見紛う大粒ぶりと濃厚なうま味に魅せられた。川に生きる漁師一家の暮らしも美しかった。

北上川は岩手から宮城へ流れる大河で、石巻市河北から東に折れて追波湾に至る。河口域は葦の群生地で、津波以前は多様な生物のゆりかごになっていた。上流の森から運ばれてきた栄養が葦原で海水と混じり、生物を育むのである。なお、「べっこうしじみ」とは、品種的にはヤマトシジミだが、北上川の清流に磨かれて殻が鼈甲色に輝くことから付いたブランド名。味の点では、夏の産卵前のぬるぬるした分泌物を出している頃が最高中の最高で、土用しじみという言葉は、なるほど理に適っている。

ここの漁期は六月から半年間だけだ。川のしじみは増水すると流されるは、日照りだと酸欠で死ぬはと、厳しい環境でようやく生き抜いているので、資源保護を第一にして漁期を限るほか、稚貝は川に返しているのだ。

それほど気をつかっているのに、津波被災以降は塩分濃度が高まったり、気候不順が続いて漁獲高が上がらない。天然しじみは繊細で弱い生き物なのだ。――本当のところ、漁師たちは次の水揚げに希望を託している。

だから、一言ぜひとも付け加えたい。「べっこうしじみ」は石巻市の「道の駅・上品の郷」から取り寄せられる。また、地元の湯治場「追分温泉」ではしじみ料理を存分に楽しめる。どうぞお試しください。

水底の蜆に問ひし独り言　　千恵子

ムツゴロウ

有明海が日本一の海苔産地であることはよく知られた事実だが、佐賀・福岡・熊本・長崎の各県にまたがる巨大な湾だけに、海苔のほかにも美味がいろいろ潜んでいる。こんな多種多様な海の幸を知らないのはもったいない。

まずは、有明海周辺の陸の食材からしてひと味違う。たとえば佐賀の玉ねぎやれんこん。玉ねぎはフルーツのように甘く、薄切りにしておかかと海苔で巻いた太巻きは春爛漫の味。れんこんはむっちり感にあふれ、ちらしずしに入れたときなど、わたしはこればかり箸で探ってしまうくらいだ。どちらも干拓地の肥沃な土壌ならではの特産作物である。

といっても、これらは有明海パワーのおまけ。この海の真価は干潟の幸だ。見てきたようなお話をすると、有明海は約一万年前まで大陸とつながっていた。そのため、大陸遺存種に分類される生物や、固有のものが生息していて、生態といい姿形といい、珍品奇種ばかりなのだ。おまけに、干満差の大きさにもびっくりで、干潮時と満潮時の海面の高さはなんと六メートル以上も違う。

それだけに、いったん潮が引くと干潟総面積は百八十八平方キロメートルにも達する。そして、この干潟を中心に、摩訶不思議な形で、愛嬌たっぷりの表情の生きものたちがのんびり暮らし、壮大なビオトープを形成している。

ムツとべる干潟千町夕暮るる　長井伯樹

異形の集団の面々をご紹介すると――ラメ入りのグリーンのネイルそっくりの甲羅を持つのはミドリシャミセンガイ。数億年前から生息している生きた化石で、片端から伸びる紐が目脂のようなのでメカジャ（目患者、別説で女冠者）とも呼ばれる。

藁づとのような形で、鋭い歯があるのはワラスボ。凶暴な顔のアナゴといった感じだ。若いもんの尻の穴を意味するワケノシンスケことイソギンチャク。象の鼻そっくりの立派な水管をもつウミタケ。サーベルの刃のようなエツは銀刀魚という異名通りに精悍だ。黒くて肉厚なシタビラメの一種は、靴底のようだからクッゾコという名前。いずれも不思議なくらいにおいしいのがもっと不思議だ。

真打ちはムツゴロウ。掌サイズのちび魚。頭でっかち、大きすぎる背びれ、ぎょろっと突き出した目と、全身が愛嬌たっぷり。歳時記の春の項には、鯥五郎、むつごろう、むつとあり、むつ飛ぶ、むつ掘る、むつ掛けなど干潟の情景や漁の様子まで類語になっている。愛されているのだ。

鮭五郎おどけ目玉をくるりんと　上村占魚

春の季語になっているのは、雌を求めて飛び跳ねる産卵期だからで、縄張りにライバルが侵入しないよう威嚇している場合もあるらしい。求愛のしぐさを見物するのは干潟観光いちばんの醍醐味で、うまくむつ掛け漁に巡り会えたら、ぱっと名句が浮かぶだろう。

ムツの目のまばたきの泥ぬぐはばや　髙平嘉幸

漁の様子はすべて句になる。潟スキーと呼ばれる板に腹ばいになって潟を進み、ムツゴロウを見つけたら、長い釣り竿を振る。先端に付いた鉤針で獲物を引っかけるのだ。鉤から逃げようと暴れたムツの目玉には干潟の泥がべったり……。漁師がそれを拭うのは、干潟に生きるもの同士の連帯感。武士の情けだ。髙平さんの視線が温かい。

髙平さんには〈ムツ五郎跳ねて干潟の生き生きと〉〈老漁夫の糸のさばきや鯥掛かる〉の句もあり、繰り返し口ずさむと、春の干潟への旅心が湧き出てくる。

鯥五郎砂かぶりつつ突かれけり　　河野南畦

ムツゴロウは、佐賀県では蒲焼きが定番。シュガーロード沿いの味覚ならではの甘口のたれがよく合い、ムツくんには申し訳ないが、一匹では済ませられない。直火焼きのうなぎのような堅め食感の奥から、漢方エキスにも似たほろ苦みが滲み出てくるからだ。

一方、筑後川河口の水郷、福岡県柳川市では甘露煮が土地の味。魚河岸近くの魚問屋「やまひら」では、先ほどの生きた化石魚たちを、生け簀で目の当たりにできる。

また、「やまひら」の直営食堂の「夜明茶屋」では、ムツゴロウの甘露煮、干物を熱燗に浸したムツ酒も味わえる。土産品も多彩で、ムツゴロウ粉末だし付きインスタントラーメン、ムツゴロウ粉末入り生地使用のクッキーもなかなかの味だし、姿形をみごとに再現した立体3Dムツゴロウクッキーは、一口かじれば、干潟にジャンプしたくなる愉快なテイスト。土産をもらった方も楽しくなるだろう。――自然遺産・有明海は不可思議かつおもしろくて、おいしいのである。

むつ飛ぶや愛しきひとは泥の中　　千恵子

蒸鰈・干鰈

鰈は地味な魚で、普段は何気なく食べているのだが、北陸の山代温泉などでは、朝ごはんに小ぶりな鰈の干物がよく出て、魅力を再認識する。「特別注文しているからおいしいんですよ」といった自慢をなんべんも聞かされたし、「温泉鰈」という言葉が生まれたくらい、北陸の温泉旅館では定番の食材になっているのである。

たしかに、朝湯につかって動きはじめたばかりの胃袋には、鰈の淡白な白身がやさしい。焦がさないよう念入りに炙った鰈は、薄皮がかりっと香ばしいうえ、身が薄そうにみえて実は意外にみっしりりで、醤油をちょろりとかけて口に運ぶと、品のよいうま味がじんわり広がってくる。

骨 透 き て 沖 の 没 日 に 干 鰈　　吉野麓人

鰈という言葉そのものは歳時記にはなく、蒸鰈、干鰈が春の季語になっている。笹の葉に似た細身の鰈が天日干しされている光景は春の浜辺に似合うし、骨がレントゲン写真のように透けているところにも季感がある。そんな天日干しの場面を、わたしは北茨城やいわきの浜で幾度も見たものだが、東日本大震災以来、廃業に追い込まれた干物屋さんも多い。くやしい。常磐沖は干鰈の最高級品・笹ガレイの原料であるヤナギムシガレイの産地だったのだ。

若狭には仏多くて蒸鰈　森 澄雄

笹ガレイは若狭ガレイとも呼ばれる。同じ品種の鰈が福井県の若狭地方の特産で、歴史が古いだけに、京都へ運ばれて都人の食卓に上っていたのだ。いわゆる「若狭の一塩もの」の一品なのである。

それだけに、近代になっても錦市場ではいい値段で売られてきたし、産地の小浜でもけっして安くない。だけれども、いい湯宿では干し立ての極上を朝の膳に出すから、きっと森先生も古刹巡りの宿で味わったに違いない。

なお、蒸鰈という呼び名は、鰈の品種名であるヤナギムシガレイ（柳虫鰈）の「虫」が、いつのまにか「蒸」に置き換わったもののようだ。当然、ただの当て字で、スチーム加工を意味するものではない。

海を見し小さき旅の蒸鰈

山田洋子

鰈は日本に約四十種いるそうだが、とても見分けがつけにくい。「左ヒラメ、右カレイ」と言われるように、眼が右にあり、眼の付いた上側は魚体が黒っぽく、反対側は白いことぐらいはわかるし、名高い城下鰈がマコガレイであることは知っているけれど、ディテールを観察して品種の違いを決めるところまではとてもできない。刺身、寿司ネタはむろんのこと、煮ても焼いても揚げてもよし、品種によっては干物にうってつけというすばらしい魚なのに、まことに申し訳ない。

余談だが、鰈の生態は知れば知るほど不思議だ。生まれたときは普通に片側ずつに付いている眼が、成長するにしたがって左眼が右側に移動するのだそうな。また、眼のない側は常に海底にくっついた状態なので、光にあたることがなくて白くなるらしい。また、上面が黒いといっても茶色っぽかったり、斑紋があったりとさまざま。平たい楕円という形にしても、丸っこかったり細かったりするので、こちらが眼を白黒してしまう。

最近も、水揚げされる鰈が十数品種もあるという八戸でそんな体験をしたばかりである。市場を案内してくれた地元の友人が「土産に買うなら、あのマツカワか、向こうのナメタがいいっすよ」と、すすめてくれたのに、どれがどれやらすぐに対応できなかったのだ。

マツカワガレイは松皮と書く。表皮が松の樹皮に似ているからだ。そして、背びれ、尻びれには黒い帯が入る。ひれに黒い星が付いたホシガレイと並ぶ高級鰈である。

また、ナメタガレイは正式にはババガレイといい、表面が体液でぬるぬるしていることからの異名。切り身を煮付けにするとおいしく、特に春先の卵を抱いた時期のものは値段がぐんと上がるが、それにふさわしい味である。

さて、八戸の市場では、ナメタは母が喜ぶからとすぐに購入を決めた。ただし、マツカワのほうはいくら市場価格にしても値段がご立派すぎて、躊躇してしまった。

その様子を見て、案内の友人がうれしいことを教えてくれた。市場内の寿司屋に行けばマツカワを握ってもらえるというのだ。さっそく寿司屋に駆け込んだら、そのにぎりのこりっとした弾力と、しなやかさにびっくり。海底でたくわえた「海ぢから」とでもいうべき力強さと滋味が凝縮していた。でも、この鰈は干物には向かないらしい。やっぱり鰈は不思議である。

浜塩のしんなりききし干鰈　　千恵子

もずく

海苔、わかめ、昆布は全国どこでもお馴染みだろうけれど、それ以外の海藻は長年の間、産地で親しまれてはいても、都会では地味な存在だった。ところが、ミネラル、食物繊維が豊富だとわかり、さらに粘りけの源である多糖類のフコイダンという成分が免疫力向上に効くと解明されたことから、一躍食卓の主役に躍り出てきた。

たとえば春の季語になっているもずく。「藻付く」が語源のようで、ホンダワラなどに付着して育つ。見た目は茶褐色の糸状の海藻で、あちこちで枝分かれしており、多糖類に由来するぬめりが強い。これが、酢のものにしたときにするする喉を通る所以である。

歳時記ではもずくを海雲、水雲という表記でも紹介している。どちらもこの海藻の姿形を詩人の感性でとらえたもので、繊細な文字づかいがみごとだ。本稿でご紹介する句の多くが海雲となっているのも同じ美意識からだろう。

汐 泡 を は な す ま じ と す 海 雲 か な　　阿波野青畝

もずくは褐藻綱ナガマツモ目モズク科にいちおう分類されているのだが、現実は少々ややこしい。国内で流通しているのは、モズク科ではなくナガマツモ科に属するオキナワモズクとイシモズクが大半だという。しかも、この二種は産地も食感もかなり違うのだから、頭をかきむしりたくなる。

オキナワモズクは名前どおり沖縄特産で、亜熱帯の海で育つせいか太めでやわらか。また藻ではなく、石に付着するのも特徴である。

一方、能登の朝市で見かけたり、山陰や佐渡を旅すると出合えるイシモズクは細めで、おおむねしゃきしゃきしている。これらも産地によって、岩もずく、糸もずく、男もずく、絹もずくなどと呼称の相違があり、食感、風味も微妙に異なる。もずくの世界は意外に広いのだ。

波の色変りてなびく海雲かな　　山科晨雨

食べかたは昭和と平成では様変わりした。代表的なもずく酢の場合、昭和時代は高級な小料理屋で常連客がお通しに楽しむ粋な小鉢ものだったけれど、今やすっかり大衆化して、居酒屋で誰もがつるつる啜っている。また、雑炊、味噌汁、スープなどの具にも使われる。

沖縄料理から広まった天ぷらもある。衣を分厚くつけて揚げるせいで食べごたえがあり、ソースやポン酢を付けるとなかなかいける。

泡盛やチュウハイ片手にもずく天をさくさく頰ばれるのは、沖縄でオキナワモズクを養殖し、塩蔵品がどっと流通するようになったからだ。なにしろ国内流通の約九割が沖縄のもので、前述のイシモズク系は希少な高級品になってしまった。

わたなかも風吹いてゐる海雲かな　　友岡子郷

ということで、オキナワモズクすなわち養殖ものという感があるが、実は天然もずくもまだまだ元気で、珊瑚礁の島の浅瀬で岩礁に付着してゆらゆら成長している。

その生息地は、石垣島から船で渡った小浜島周辺。地元でマンタと呼ぶオニイトマキエイが泳ぐエリアで、そんな環境に魅せられ、本土からやってきて居ついてしまった女性も一人や二人ではないし、彼女らは島の漁師と結婚し、もずくを目玉にした地域おこしまで始めている。

もずくの旬は冬から春にかけて。シーズンになると、浜へ下りてもずくを摘み、海水塩で塩漬けにし、小袋に詰めて出荷する。収穫から選別、包装まで全部手作業だが、彼女たちは身も心も輝かせて楽しげに働いている。美しい海を象徴する天然もずくがいつまでも収穫できることを祈りたい。

嘘ついてもづくの鉢に噎せるかな　　石関双葉

産地を問わず塩蔵もずくは常備しておくと重宝な食材だ。最近、よくつくるのは糸寒天入りもずく酢。信州・伊那の寒天生産者宅でごちそうになって、さっそく真似しているのだ。糸寒天を鋏でちょきちょきさし、塩出ししたもずくと合わせて、三杯酢かポン酢で調味すればでき上がり。もずくも寒天も食物繊維が豊富だから、お腹の調子を調える効果は大の大。また、歯が弱くても喉を通る。老母にうってつけだが、わたし好みの酢をきかせた味付けだと、母が噎せるので注意しなくてはならない。

石関さんには〈平磯の桶にかき採る海雲かな〉という句もあり、日頃からもずくに親しんでいることがわかる。もずくの浜でその生態を目に焼き付けたから、食卓のもずく酢に感応した句が生まれたのであろう。

まづ頼む人を待つ間のもずく鉢　　千恵子

春蜜柑・伊予柑・八朔

生牡蠣でいつも混んでいるオイスターバーの前を通ったら、「NO OYSTER NO LIFE」という立て看板が目に飛び込んできた。「牡蠣なくして何の人生か」。大の牡蠣好きなので深くうなずいてしまった。でも、待って。このフレーズは他にも使える。好きな食べものならばいいわけだから、まずは「NO CITRUS NO LIFE」。柑橘である。立派なメロンがあっても、わたしは、柑橘の清やかでかぐわしい香りがないとさみしい。いえ、正確には口ざみしいというべきか。

春蜜柑しぶきもなさず剝かれけり　川村たか女

柑橘の季語を探ると、蜜柑が冬であるのは当然だが、夏蜜柑は春となっている。春蜜柑や春の蜜柑は春で、伊予柑、ネーブル、八朔、三宝柑も同じ。ただ、同じ時季に出回る文旦、金柑、レモンは秋の項に入っている。

季語がこまかく分かれているのは日本が柑橘王国だからだし、わたしが「柑橘なくて何の人生か」と思うくらいだから、柑橘ファンも多いのだ。これは産地を回るとよくわかる。農家は生産暦にのっとって柑橘をつくり分けていて、なんと四十品種以上も栽培しているところもある。

伊予柑に夕日とどまる旅情かな　　吉崎晴女

たとえば愛媛県明浜町の農家集団「無茶々園」や和歌山県田辺市の農業法人「秋津野」。どちらも農薬を使わず、露地栽培で生産している。つや出しワックスを塗るなどという小細工はまったくしない。

柑橘の実る畑は海岸べりの崖地が多く、先祖が石を営々と積み上げ開いてきた段々畑ばかり。世界遺産級の景観も少なくない。また、各種ビタミンやクエン酸が豊富で現代人の健康志向にかなっているのに、国産柑橘の需要は減少気味。輸入品との価格差ばかりでなく、品種によるおいしさの違いがよく知られていないのかもしれない。

夜を独り八朔柑苦し生き残り　　石田波郷

柑橘の多彩な味わいを楽しむなら、春蜜柑のセット販売がいい。蜜柑が終わる頃から初夏まで出荷されるので、長く楽しめる。この春、秋津野から届いた案内状には、八朔、デコポン、ネーブル、三宝柑、清見、せとか、春峰と七種もあった。

無茶々園では玉三郎をアピール中。熊本の河内晩柑（美生柑）が広まって、新たな名が付けられたものだ。和製グレープフルーツといわれるほどに果汁がたっぷりで、明浜町は下ぶくれの優しい姿から玉三郎と呼び、宇和島では宇和島ゴールドが通称となっている。

さて、八朔という珍しい名は、旧暦八朔（八月一日）から食べ頃になる（現代は異なる）のに因む。波郷の句のように独特のほろ苦みがあって、それが魅力なのだが、近年は存在が目立たない。内皮を剝くのが面倒なのだろうか。

その点、デコポンは「でべそ」に指をかけられるので剝きやすく、万人好みのおいしさ。なお、品種名としては不知火という。

前掛で拭くネーブルを剪りし手を　　草間時彦

うれしいのは、草間さんの時代には輸入品ばかりだったろうネーブルに国産が増えたこと。味も格段にいい。オレンジの一種だが、「へそ」という名称どおり、わかりやすい目標があるから間違えることはない。

三宝柑匂ひ放てり那智の夜を　市村究一郎

三宝柑は和歌山県民自慢の味で、かつて和歌山藩士が庭に一本だけ生えていた木を三方に載せて献上して、三宝柑の名を与えられたとか。味も姿もノーブルなのはさすが。清見はオレンジ系のジューシーな品種で、これに他のオレンジを交配したのがせとか。甘くて皮が剝きやすい。また水晶文旦と掛け合わせるとすっきり味の春峰になる。じつは、デコポンも清見にポンカンを交配したものである。

春みかん坊っちゃん電車ごとごとと　千葉喬子

子規の故郷の伊予は、伊予柑からせとかへと生産の軸足を移しているようだが、さらなる自信作は、その名も「媛まどんな」、通称「マドンナ」と呼ばれ、濃い甘味とふるふるしたゼリーのような食感をもつ。子規や漱石なら、どんなふうに表現するだろう。食べてもらえないのが残念だ。

春蜜柑いにしへの種は種子多し　千恵子

草餅

和菓子は四季の自然観照の心の動きをあらわした「食べる芸術」である。とりわけ、万物が萌えいずる春の菓子は多彩で、そのなかでも心にまっすぐ訴えてくるのは草餅だと思う。草の緑色と香りは春のイメージの代表なのだ。草餅は蓬でつくることが多く、蓬餅とも呼ばれ、奄美では「フツィムチ」という。歳時記では春の季語になっていて、草だんご、草大福、草まんじゅうは類語と考えていいだろう。

両の手に桃と桜や草の餅　　松尾芭蕉

わたしが今年初めて草餅に出合ったのは、町をあげて雛を飾る筑波山のふもと、真壁を訪ねたとき。雪がちらつく二月初めに、和菓子屋の店頭で「草餅あります」の手書きの貼り紙を見つけたのだ。つい引き込まれて入ったら、蓬を搗き込んだ緑の餅がケースの真ん中で輝いていた。草餅そのものは素朴だったが、付いていた自家製きな粉をふって食べたら、田舎びた甘味の奥から雅びな味が湧いてきた。一茶の次の句のとおり、野原の蓬が春を告げる美味に変身したのだ。

おらが世やそこらの草も餅になる　　小林一茶

この句をつぶやくと、北信濃の春が全身に広がる。さて、千曲川が信濃川と名を変える越後にも草餅があるが、こちらはあんこ入りの蓬餅を笹の葉ですっぽり包み、すげの紐で縛ってあるので、笹だんごと呼ぶ。

笹だんごは地域によってつくり方が異なり、山間部の三条市下田地区（旧下田村）では、蓬ではなくオヤマボクチ、通称ごんぼっぱを用いる。これはキク科多年草で、葉は山ごぼうにそっくり。オヤマボクチを好む地域はほかにもあり、信州の飯山ではそばのつなぎにし、茨城の奥久慈では餅に搗き込んでから凍み餅にする。そばも餅もつるつるしこしこした食感で、青海苔に似た匂いがいい。笹だんごに入れても効果は同様で、下田の村人たちはごんぼっぱが一番と胸をはる。なお、笹だんごは一年中あるから、句を詠むには季語が必要なのがタマにキズ。

草餅を焼く天平の色に焼く　　有馬朗人

草だんごにもふれよう。映画の寅さんシリーズでおなじみになった柴又のだんご屋のモデル「高木屋老舗」は、帝釈天の参道で繁盛中だ。映画のヒロインたちも食べただんごは、蓬入りの草だんごに粒あんをたっぷりまぶし付ける。柴又は江戸川のほとりだから、その昔は土手の蓬がさぞかし活躍していたことだろう。

土手といえば隅田川の堤にも名物の草餅がある。浅草の今戸から桜橋を渡って墨堤に着くと甘党のパラダイスで、「長命寺桜もち」「言問団子」「志満ん草餅」と、江戸っ子贔屓の甘味屋が並んでいる。

「志満ん草餅」は明治二年創業で、蓬の新芽だけを使うので色と香りがすばらしく、弾力、歯切れも申しぶんなし。あん入りとあんなしがあり、あんなしは表面のくぼみに白蜜ときな粉をかけていただく。この店には草大福もあり、季節限定ながら草柏餅も自慢だから、順に頬ばりながら隅田の流れを眺めたり、スカイツリーを仰ぐのもまたよし。近くの向島百花園で憩うのもいいだろう。

拳骨のやうな南木曽の草の餅　　和田順子

草餅には、蒸した糯米に蓬を搗き込んだ本物の餅と、上新粉でつくったものがあり、最近はさっくりした食べ口の後者がほとんど。もしも農家直売所などで餅のものを見かけたら、これは掘り出しもの。野太い風情とおおらかな味わいに旅情をそそられて、和田先生もゆったりした気持ちになられたことだろう。

美濃人のぶんたこといふ草の餅　永見るり草

美濃にも野趣豊かな草餅がある。川幅が広くて水量豊かな木曽川のほとり、岐阜県八百津町の「ぶんたこ」。調べても詳しい由来は不明だが、当地では蓬餅をこう呼び、桃の節句に食べる習慣だ。るり草さんには〈草餅のまどゐの一人をのこかな〉〈草餅を食めば野川の水の音〉の句もあるから、季節が身近な暮らしを楽しんでいらっしゃるようだ。

栗きんとんで名高い地元菓子屋「緑屋老舗」は、春は「ぶんたこ」に力を入れる。家族総出で蓬を摘み、八百津の名水で米粉とともに練り上げ、翡翠色の餅に仕立てるのだ。大納言小豆の粒あんを包んだ姿がのどかなうえ、口に運ぶと甘味の品がまことによろしい。まさしく美濃の春は「ぶんたこ」から始まる。

蓬草の濃淡美しや草の餅　千恵子

夏

紫蘇

和食のすばらしいところは数えきれないが、薬味の多彩さもそのひとつだ。とくに夏場は、涼感のしつらえや食欲増進を兼ねるうえ、香りがよくて、薬効まで期待できる薬味が重要アイテムである。となると、紫蘇の出番だ。

紫蘇の香やたまたま着たる藍微塵　草間時彦

草間さんの句のように、紫蘇には、その香りだけで糊のきいたひとえに袖を通し、冷酒を酌みたくさせる魅力がある。また、紫蘇はぱぱっと二、三枚刻んで冷や奴にのせたり、パスタとあえるだけで、即座に食卓が華やぐ。次の星野さんの句は、そんなうれしさを素直に詠んでいて、共感される方が多いだろう。

青紫蘇を刻めば夕餉調ひし　星野椿

紫蘇の原産地はヒマラヤ、ビルマ、中国など諸説ある。日本へは中国経由で伝来し、広く自生するようになった。葉だけでなく、芽、花穂、実まで無駄なく活用できるのも魅力で、あまり知られてないが、刺身のつまにする青芽や紫芽は、紫蘇の若芽のこと。青紫蘇のそれが青芽で、赤紫蘇が紫芽である。

紫蘇の実を鋏の鈴の鳴りて摘む　高浜虚子

また、紫蘇の実とは、花穂が成熟して実をつけたものを指す。指でこそげて漬物に仕立てると、ぷちぷちした食感が楽しく、お茶漬けにすると気の利いたアクセントになる。

これら紫蘇のもろもろは、木の芽、蓼葉などとともに「つまもの」と総称される。江戸時代に三河島村（現・荒川区）で栽培が始まり、明治末には足立へ伝播し、現代に至っても足立区が高い技術力を誇っている。江戸・東京の板前は、これらつまもの使いで粋を演出したのだ。

ひとうねの青紫蘇雨をたのしめり　木下夕爾

きらきらと青紫蘇に雨子の独語　細川加賀

紫蘇には青、赤の二種があり、ハウス栽培が中心である青紫蘇は年中出回るが、露地ものが大半の赤紫蘇は夏が盛り。ただし、歳時記ではどちらの紫蘇も夏の季語になっている。なお、青紫蘇は大葉の別称が現代では大手をふっているけれど、おおばという響きでは、どうしたって季感が乏しい。それだけに、木下さんや細川さんの句は心を震わせてくれる。青紫蘇に雨はまことに似合う情景だ。

揉む紫蘇に染まる手のひら千の筋　　鈴木勢津子

紫蘇は元々は紫色が本当で、だからこそ中国・後漢末の伝説の名医・華陀が紫蘇と名付けたという説がある。青紫蘇は変種として誕生したものらしい。そうとなれば、畑一面を深い赤紫色に染めながら収穫期を迎える夏場には、なおさら赤紫蘇に注目したい。

実際、赤紫蘇の力を借りなくてはならない食べものは多い。梅干し、しば漬け、紫蘇ジュース、「水戸の梅」に代表される赤紫蘇の葉で包んだ和菓子などだ。鈴木さんの句にあるように、いずれも手を指を爪を赤く染めながら作業を繰り返して初めて生まれ出ずる美味で、鮮やかな赤紫はアントシアニンという色素が源である。

梅干し産地は近くに在来種の赤紫蘇の畑を擁しているところが多い。梅をいったん塩漬けしたのち、赤紫蘇とともに本漬けしなくては、あの赤い梅干しにはならないのだ。日の丸弁当は赤紫蘇のたまものであるし、梅干しを漬けたあとの赤紫蘇は、ゆかり粉として生命を吹き返す。

日本海側の梅産地の代表・福井県では、福井市内の木田地区の「木田ちそ」が知られている。紫蘇の福井方言の「ちそ」がそのまま呼称になっているのが楽しく、地元で昔から親しまれてきたことがわかる。近年は、これの紫蘇ジュースに炭酸を加えた「木田ちそサイダー」が製品化されている。ザクロジュースにも似た色で、ごくごくやるとすっきり爽快。清冽な余韻が暑さ疲れを癒してくれる。

京漬けものを代表するしば漬けにも赤紫蘇が欠かせない。しば漬けは洛北・大原が発祥で、平家滅亡によって寂光院に隠棲した建礼門院が考案したといわれる。村人が持ち寄ってくれた夏野菜を保存するために、なす、みょうがに赤紫蘇をたっぷり加えて塩漬けにし、木桶に詰めて重石をのせ、乳酸発酵させたのだ。

大原の赤紫蘇畑は、赤紫の畝がさざ波のように続いていて、眺めているだけで、総身が濃く深く染め上げられる。建礼門院も同じ感慨をおもちになったのではないだろうか。

赤紫蘇の艶を重ねて梅漬ける　　千恵子

蚕豆

店先で見つけるとついつい欲しくなるのが蚕豆だ。ブランド品のバッグほどの買い物ではないけれど、それでも出始めの春先は結構いい値がする。安くなるまで待とうかなと一瞬思うものの、手はもうすでに袋へ伸びている。

蚕豆好きは子供時分からのことだ。家族全員の好物だったのだ。もっとも、わが家に限らず東京下町では蚕豆をよく食べたようで、相撲観戦ともなると蚕豆の塩ゆでがつきものだった。露地ものの蚕豆の出盛りは、ちょうど国技館の夏場所の頃なのだ。

産地でもない東京で蚕豆が好まれるのはなぜか。じつは桜前線ならぬ蚕豆前線とでもいった現象があって、鹿児島から北上してくる途中、千葉県で大規模に拡大するのだ。

実際、春の房総へ出かけると、菜の花やストックの花畑の隣に蚕豆畑がひっそりと青い葉を出している。その名も房州早生という早生種の品種があるぐらいに、千葉県は古くからの蚕豆産地で、採り立てがどっさり神田のやっちゃ場に運び込まれたのである。「蚕豆三日」と言われるくらい、鮮度落ちが早いからだ。そんな背景が江戸っ子を蚕豆好きにしたのだろう。

そら豆はまことに青き味したり　細見綾子

蚕豆は北アフリカ原産のマメ科の一・二年生草本で、たんぱく質、カルシウム、ビタミンB群に富む。古代からエジプトや西アジアで栽培されていたというから、クレオパトラからシルクロードの人々までが食べていたわけだ。そして、日本へは奈良時代に、中国経由で渡来したインド僧が伝えた。

蚕豆、空豆、天豆などと表記されるが、そのどれもが特性をあらわしている。ユニークな姿形もほっこりした食味も古くから愛され、観察されてきたのだろう。蚕豆とは莢が蚕の繭に似ているからだし、空豆や天豆は莢が天空へ向かって成長する姿を形容したものだ。ほかにも四月豆、五月豆などの名があり、九州では唐豆、胡豆と呼び、原産地からの伝播の道筋をうかがわせる。

そら豆のやうな顔してゐる子かな　星野高士

現代の品種は明治以降に導入されたもので、小粒の千葉の房州早生や香川の讃岐長莢は影が薄くなり、大粒の一寸ソラマメという品種が主流だ。形は愛嬌たっぷりのお多福そのもの。煮豆にするとお多福豆と呼ばれ、ほくほくの食感で誰をも和ませる。星野さんの句、将来、お多福美人になりそうな少女を詠んでいるのではないだろうか。お多福とは元来、美女を指す。

そら豆のふくれつ面をひとりじめ　　高野ふよ子

最近の東京の初物は九州産がほとんど。昭和三十年代に鹿児島で栽培が始まり、〝はしり〟が大好きな東京人に大受けしたのだ。房総で莢がまだ赤ちゃんの頃に、鹿児島では大きな莢が天を仰いでいるのだから、勝負はついている。

わくわくするのは、蚕豆を収穫するタイミング。天を指していた莢がうつむくと、採りどきなのだ。莢の中で豆が熟すと重たくなって、自然に下を向くのである。

おいしくいただくコツは、一にも二にも素早く調理すること。莢を開き、白綿のベッドから豆を出して、即、塩茹でするまでは共通だが、この後の手順に料理人の個性があらわれる。薄皮上部のお歯黒を丁寧に除く、少し切り込みを入れる、そのまま茹でるの三通り。もっとも、産地では大胆に賞味している。莢から出した豆をすぐ網焼きするか、あるいは莢ごと焼くのだ。前者はカリッと香ばしく、後者は莢の中で蒸されてのどかなうま味。庭先かベランダで楽しめば最高だ。

そら豆のふくらんでゆく少年期　　松岡洋太

素揚げやかき揚げもいい。銀座の「天ぷら近藤」の店主は、蚕豆のかき揚げの名人で、ベージュの衣から翡翠色の蚕豆が透ける風情はオーガンジーのコサージュに譬えたくなる。上等な塩をぱらりっと振るのがおすすめだ。

一方、醤油と砂糖で煮ると、おぼこのような純朴味になり、干し蚕豆の煮豆は生のとはひと味違う深みがある。日本橋人形町「ハマヤ」の「富貴豆」が逸品だ。また、香川の郷土味覚の「醤油豆」は、蚕豆を煎って熱いうちに唐辛子入りの醤油に漬け込む。ぴり辛風味が疲れた足を押してくれるので、お遍路さんの接待には定番メニューである。

蚕豆前線はぐんぐん北上し、七月には津軽海峡を渡って北海道へ。はしり、旬、名残と追いかけてこそ、本当の蚕豆好きといえる。

醤油豆ゆで蚕豆や四国道　　千恵子

かんぴょう

世の中にはなくては困るものが数々あるけれど、すしではかんぴょうである。白身もまぐろも小肌も穴子も欠かせないが、そのうまさも締めにかんぴょう巻きがあってこそ引き立つ。かんぴょうがすしねたオールスターズのまとめ役なのだ。醤油味でしっとり煮上げてしなしなしているが、食感も味も存在感に満ちているのだ。

それなのに、最近はかんぴょう人気は下降気味で、かんぴょうを置かないすし屋も少なくないし、既製品ですませている店もけっこうある。印象が薄く見られる理由は、かんぴょうの素性が謎めいていることも大きい。

かんぴょうの原料は、ウリ科の野菜である夕顔の実だ。夏の夕方にひっそりと白い花が咲く姿からは、せいぜいきゅうり程度の大きさを想像されるだろう。ところが、なんと開花後ほんの二週間で、サッカーボール大の巨大な実に育つ。おそろしいほどの生命力である。

夕顔の実には、長楕円形と、頭がややすぼまった球形の二種があり、どちらも果肉が白くて水分はやや多く、かすかに甘味がある。この果肉を薄く細くむいて干したのが文字通り干瓢なのである。

かんぴょうは白き干し物日の出前　平畑静塔

日本一のかんぴょう産地は、栃木県南部の下都賀郡。中心は壬生町。日本のかんぴょうの自給率が一割足らずという状況のもと、地域をあげてかんぴょう生産に取り組んでいる。だから、このあたりの農家は、母屋の脇に納屋、大谷石の石蔵が並び、屋敷回りに夕顔畑があるという配置が普通だ。そして内庭をおおいつくすように大きなビニールハウスや納屋の軒下でかんぴょうを干すのである。

壬生かんぴょう誕生のきっかけがおもしろい。江戸時代に、殿様が近江・水口《みなくち》から下野・壬生に領地替えになった際に、お金になる換金作物として、かんぴょう栽培を普及させたのだ。肥沃で水はけのよい土壌と、夏は暑くて夕立が多い気候が、夕顔の生育にぴったりだったらしい。

もうひとつ、女性が働きものだった点も、水口とよく似ていたのではあるまいか。というのも、歌川広重の浮世絵『東海道五十三次』の水口宿の場面では、姉さん被りに着物をからげた女たちが夕顔をむき、張りめぐらせた縄に掛けて干しているからだ。同じ工程が今も壬生町で行われ、同じく女性ががんばっている。もっとも、包丁は電動皮むき機に変わってはいるけれど。

新干瓢、干瓢むく、干瓢干すなどが夏の季語になっているとおり、夕顔の花が咲く六月半ばからは忙しい。夕方は雌花と雄花を人工受粉で交配させ、いっぽうで実の収穫に追われる。翌朝は夜明けから皮をむき、すぐさま干す作業にかかる。青い香を放つむきたてのうちに干さないと、やわらかくて弾力のあるかんぴょうにならないのだ。

わたしも体験させてもらった。まず、重さ八キロもある実をよっこらしょと、電動皮むき機まで運ぶ。上下を固定したら、鑿の刃先を中央部にあててスイッチオン。皮むき機がろくろのように高速で回転しはじめ、夕顔が幅四センチのベルト状にぴゅーぴゅーむかれていく。端をちぎって味見したら、さっぱり味のメロンのよう。かんぴょう巻きにしたときに醤油味の奥からわきだしてくるほのかな甘味は、これだったのだ。

夕顔の紐は一本が長さ二メートルほど。竿にかけて二日がかりで干し上げる。白い帯が幾筋も陽に透け、風に揺れる。そして、乾くとびっくりするほどに細く短くなってしまう。一般的には硫黄燻煙処理でかび除けと漂白を行うが、これを施さない製品もある。生成り色がきれいで、水洗いだけでもどり、煮たときに心地よい食感が生まれるのはこのタイプ。生産量が増えてほしいものだ。

香具山へ干瓢筋づつ垂す　所　山花

干瓢を干して明日香の村静か　髙平嘉幸

かんぴょうは栃木県以外でも、自家用程度の量はつくられている。夕顔は種が縄文遺跡から出土するほど歴史が古い作物だから、広く普及して当然なのだ。わたしは長野や新潟の人がかんぴょうを好むことは知っているが、所さんと髙平さんは奈良のかんぴょうづくりの美しさを詠まれている。ぜひ眺めてみたい静かな夏の情景である。

そうそう、かんぴょうは海苔巻きとは限らない。味噌汁、卵とじ、天ぷら、サラダ、酢のものにしてもおいしい。忘れがたいのは、かんぴょうでぐるぐる巻きにしたおいなりさん。かんぴょうのうま味とボリュームで口の中がはちきれんばかりだった。ともあれ、かんぴょうは食物繊維とミネラルに富むから、積極的に食べたいものだ。

干瓢のひなたの匂ひ里に満つ　千恵子

トマト

夏、丸かじりしておいしいものは数々あるが、食感、手ざわり、色と、すべて揃うのはトマト。夏のすき焼きに入れたくなるのはわたしだけだろうか。温室ものや水耕栽培品は一年中出回っているけれど、むせ返るほどのトマト香は夏だけのものだ。

白昼のむら雲四方に蕃茄熟る　飯田蛇笏

トマトは南米アンデスの乾いた高地が原産地で、ナス科トマト属に分類される。この二十年来、日本で原産地農法と称する水やりを極力抑えた栽培法が流行ったり、この栽培法による小粒で甘いフルーツトマトが広まったのは、ある意味、先祖返りなのである。

トマトは、十五〜十六世紀の大航海時代に、ヨーロッパ人が新大陸で発見して持ち帰ったものだが、当初は珍奇な鑑賞用植物、それも有毒植物として扱われた。ところが、飢饉の際に食べてみたところ、これはおいしいとなって、十九世紀にはイタリアやイギリスで品種改良がどんどん進んだ。

パスタにトマトソースが合うことも普及の一因だったようで、イタリア語でポモドーロ（黄金のりんご）、フランス語ではポム・ダムール（愛のりんご）という呼称がおなじみになった。また、イギリスでは、フランス語のポム・ダムールが直訳されてラブ・アップルと呼ばれた。そしてアメリカでは次々と新品種がつくられ、とうとう万能調味料のトマトケチャップが考案された。

あめつちの恵みに熟るるトマトかな　上杉和恵

日本へ初上陸したのは戦国末期から江戸初期にかけてのこと。唐なすび、唐柿、珊瑚珠なすびといった名前で紹介され、さらに、現代の歳時記でトマトの同義語とされる蕃茄とも呼ばれた。「蕃」とは「南蛮」の「蛮」と同義だから、トマトは南蛮渡来のハイカラ・イメージをまとっていたともいえる。また、やはり歳時記に載っている赤茄子の名称もこの頃からのようだ。ともあれ、楽しい名付けをした江戸人に拍手したい。

一気に広まったのは明治末期から大正初期で、昭和初めにはアメリカから桃色果肉の大形種が入ってきて、交雑を重ねながら普及した。これらが「昔の味がする」トマトである。

上杉さんの句からは、こんなトマトの実る畑が眼に浮かんでくる。ほかにも〈日はあしたトマトに宿る雫かな〉という作品もあるから、きっとトマト栽培の経験がおありになるに違いない。

さて、日本のトマトは昭和末期に劇的に変わった。完熟桃色トマト「桃太郎」が誕生し、次いで温室用「ハウス桃太郎」がデビューするに至り、トマトの旬は夏という神話は消え去った。じつは、桃太郎は食感でいうと皮が固いのが玉にキズなのだが、これはすなわち日もちし、つぶれにくいということでもあるから、流通にはすこぶる好都合だった。おかげで、ミニトマトやフルーツトマト、先のとがったファーストは別として、たんにトマトといえば桃太郎を指すといった時代が今も続いている。


トマト捥ぐ手を濡らしたりひた濡らす　　篠田悌二郎

日差しのまぶしさを感じる頃になると、トマト畑へ向かいたくなる。信州なら松本平の安曇野を最初に思う。朝晩の温度差が大きく、日照時間が長くて雨が少ないと、原産地のアンデスそっくりの気候なのだ。また、一日の温度差が大きいと、赤い天然色素・リコピンが多くなる。

こんな土地柄だけに、昭和中期からトマト一筋のナガノトマトという会社があり、無添加無着色のトマトジュースやトマトケチャップをつくっている。原料のトマトは愛果《まなか》という愛称の自社開発のオリジナル品種で、大粒のうえリコピン豊富。甘いだけでなく酸味もしっかりある。北アルプスや美ヶ原を望むトマト畑はもちろん露地栽培で、しかも支柱を用いないので、濃緑の葉が四方八方に伸び放題のまま、葉陰から赤い実があっちこっちに点々と……。トマト特有の青い匂いが一面に香り立ち、空を仰げば、蒼い空と白い雲。

トマト洗ふ蛇口全開したりけり　　本井　英

へたの部分を枝からはずすと、ころりといい感じに掌におさまった。安曇野の太陽が一粒のトマトに凝縮しているようで、ビタミン、クエン酸、ミネラル、カロチン、リコピン等々の栄養分が、わたしに一斉に笑いかけてきた。

水道の蛇口まで走り、じゃーじゃー水浴びさせてから、がぶり。その一瞬、アンデス高地で実るトマトに心が飛んだ。食べ慣れたいつものトマトとはまったく違う野生的で、みずみずしい果肉だったのだ。

この夏の太陽凝るトマトかな　　千恵子

らっきょう

リビングの隅っこに、いつもらっきょう漬けの大きなびんを置いている。自分で漬けたもので、徐々に色が変わってくるのが楽しくて、折りにふれてちらちらと見ては一人笑いしている。

ところが、母はらっきょうに見向きもしてくれない。らっきょうの話題もいやがる。子供の頃から大嫌いだそうで、かろうじて食べるのは、らっきょうの蜂蜜漬けだけだ。もっとも、甘さに引かれて口に入れるのだろう。

辣韮の漬け方もまた母仕込み　小林千秋

梅干しやらっきょうは、本来は母親からおそわるものだから、小林さんがうらやましい。らっきょうは古くはオオニラ、サトニラと呼ばれ、薬用として利用された。成分中のアリシンがビタミンB_1の働きを活発にし、血液もサラサラになるといわれるなど、健康効果が期待できるのだ。それも、母から娘へと伝えられる理由だろう。

らっきょうは中国原産のユリ科ネギ属で、食用にされるのは球根（鱗茎）である。ねぎ、玉ねぎ、にんにくの仲間だから、特有の匂いはあるが、癖がなくてマイルドで、生でも気にならない。

らっきょうといえば鳥取市福部町の名産で、「鳥取砂丘らっきょう」の名が知られている。江戸時代に小石川薬園（現・小石川植物園）で薬草として栽培されていたものを、参勤交代のときに藩士が持ち帰ったのが始まりという。

福部のらっきょうは色白で歯切れがよい。透明感のある白さは宝石のようだし、繊維の肌理がこまかくて食感が心地よい。それらは砂からの贈り物なのである。

というのも、福部は鳥取砂丘の東に隣接し、らっきょう畑は砂丘とまったく同じ砂なのだ。地力がなく、水に乏しい砂地は農地には不適と思われがちだが、らっきょうにはハンディにめげず育つたくましさがある。しかも、土が栄養不足だと、球根は色白になり、繊維がこまやかになる。食味としては長所だ。

栽培は真夏の炎天下の種球根の植え付けに始まる。腰を屈め、砂地に刻みこんだ畝に一球ずつ植えていくのだ。やがて球根は分けつして七〜九球になり、十月末から十一月初めには薄紫の素敵な花が咲く。茎はすらりとしていて、エレガントな姿形である。

らっきょうの花が一面に咲いた美しさはなかなかの見物で、花見の観光客も多い。花もらっきょうの香りがするので、好きな人にとっては天国の花園だ。らっきょうの季語は夏だが、らっきょうの花は秋の季語である。

そして、畑が雪で覆われる冬を乗り越え、収穫は五月下旬から六月中旬。砂の中からすっと引っぱれば、するりと抜ける。

らっきょうを洗う夕焼こやけかな　　野口みつ

加工センターは、茎と根を切り落としたばかりのらっきょうの香に包まれる。塩漬けした後、甘酢に漬け込んで乳酸発酵させた甘酢漬は添加物なし。唐辛子入りなどの変わり味も各種あり、家庭の手づくり品とはまた違うまろやかなおいしさをもっている。

福井県の三国に近い三里浜も名産地だ。地名どおり、元は長さ三里、幅半里の大砂丘だったそうだが、明治の初め、砂止めのためにらっきょうを植えたところ、実においしくできて、評判になったのである。

ここの「三年子花らっきょう」は、足かけ三年かけてわざわざ小さく育てるのが特徴だ。鳥取が翌年に収穫するところを、もう一年畑において、次の晩春に穫り入れるのである。

種球はその間に成長するとともに分けつし、わたしが見たときは、二年ものには四十から五十ものごく小粒のらっきょうがびっしり付いていた。らっきょうは小粒になるにつれて皮が薄く、繊維が緻密になるので、歯切れがしゃきしゃきしてくるうえ、とてもやわらかい。

粒が小さいぶんだけ、収穫後の処理もたいへんなのだが、手作業でひとつひとつ根を切っている「切り子さん」の熟年女性たちは、手をかけるからおいしくなるのよ、と気にするふうもない。

辣韮の琥珀を惜しみ歯にあつる　　吉田朔夏

さて、わたしのらっきょうの話である。この夏を越してから、ぐっと色が濃くなってきた。なんだか急に食べるのが惜しくなってきた。吉田さんが同じ思いを詠んでいる。

今は、昨年漬けたものと新らっきょう、二つの大びんが並んだ状態だ。古漬け分はようやく六割がた食べたところだから、この秋は新旧らっきょうの揃い踏みを楽しめる。

砂の果て花らつきようの隠れ咲く　　千恵子

キャベツ

「聖五月」という季語があるが、まさしくそのとおり、五月になると万物が輝き始める。八百屋の店先も明るさがアップする。淡い緑のやわらかな葉の新キャベツが山積みされるからだ。ちょうど食べ頃を迎えた早生系キャベツである。このキャベツ、見た目よりはるかに軽い。一個買うと持ち帰るのにうんざりする冬のキャベツの重さとはまったく違う。巻きがゆるやかなので皮の間に空気を含んでいるぶんだけ軽量なのだ。

それだけに一枚ずつきれいにはがせるから、外葉はぬか味噌に突っ込み（これも乙！）、次の二～三枚は味出しに豚小間かベーコンを加えて煮ると、すぐしなしなとなり、甘味も増していくらでも食べられる。じっくり煮込んだうまさは冬のロールキャベツやおでんのキャベツ巻きにまかせて、手早く生まれる味を楽しむのが春キャベツなのだ。

ただのせん切りも春キャベツならひと味優る。この時季にとんかつ屋に行き、付け合わせキャベツが大盛りで笑みがこぼれてしまったという経験はどなたにもあるだろう。

生キャベツが揚げものと相性がよいのは理にも適っている。キャベツといえば日本人の多くが胃腸薬のあれを連想するように、胃や十二指腸の潰瘍に効くビタミンUを含み、ビタミンCも多い。そのため、油もので起こりがちなトラブルも、キャベツさえ摂っていれば安心なのだ。
そういえば、関西発祥の串揚げにもキャベツは不可欠で、こちらは手でつまめるサイズの色紙切りがお決まり。串一本ごとにキャベツ一枚で口直しするのだが、しゃきしゃき感と青くささがオイリーな口をさっぱりさせるので、つい二枚、三枚と手を伸ばしてしまう。

甘藍をだく夕焼の背を愛す　　飯田龍太

キャベツは、ヨーロッパ海岸地方に生えていたアブラナ科植物・ケールが起こり。やがて大玉に改良されて各国へ。その過程で花蕾を発達させたのがブロッコリーやカリフラワーであり、わき芽を摘むのが芽キャベツ、芯を肥大化させたのがコールラビ、色変わりは紫キャベツへと分化した。

甘藍の玉巻くまへの青さかな　　佐川広治

結球性のキャベツが日本へ渡来したのは幕末。当初は長崎や横浜の外人居留地御用達だったが、やがて町場へ普及し、明治半ばには早くも銀座の洋食屋がとんかつの付け合わせに採用した。それ以来、すっかりとんかつに付き物になったのだから、その店には感謝状を差し上げたい。

その後は栽培の増加、品種改良のどちらも進み、日本の野菜を代表するおなじみの顔になった。阪神大震災以降は、被災地へ届けられる野菜の筆頭になるほど。保存がきき、輸送に耐え、料理に万能であるゆえである。

甘藍の滴りを切り収穫す　　宮原さくら

歳時記では夏の季語だが、キャベツではなく、異名の甘藍で詠まれることが多い。甲斐の山並みを遠景にした農婦の姿が浮かび上がる龍太の句も、若いキャベツが連なる畑が想像できる佐川さんの句も、収穫の光景を切り取った宮原さんの句も、甘藍という美しい字面と音が抒情を高めている。

なお、もう一つ玉菜という異名もあり、沖縄方言のタマナーという言い方のまあるい響きがキャベツのイメージとよく合っている。一方、菖蒲さんの生活感あふれる句は、キャベツでなくては成り立たないから、語感は重要だ。

貧厨にどかとキャベツを据ゑにけり　菖蒲あや

ところで、仏語のシューはキャベツの意。洋菓子のシュークリームは形がキャベツそっくりだからと名が付いた。また、ドイツ料理のキャベツの発酵漬けのザワークラウトは仏語ではシュークルートとなるが、これも同じ語源。

現代のキャベツが一年中出回っているのは、産地が移動しているからだ。春先は神奈川、愛知、千葉などの温暖な半島が特産地。夏からは群馬・嬬恋や長野・野辺山などの高原、そして北海道から出荷される。

どのキャベツ畑も、ギャザースカートを逆さにしたような外葉に包まれて緑の球形が天を仰いでいて、そこに蝶々が飛んできたり、青虫がのっそり現れたりと見飽きない。

こんな光景は東京の練馬でも見られる。練馬大根が特産だったのは昭和初期までで、病害や害虫で生産量が減ると、キャベツが台頭。今や東京都産キャベツの五割を占め、石神井には生産者の労を讃える石碑まである。時が移ろえば特産品も変わるのだ。

甘藍の葉うらにひそと小さきもの　千恵子

玉ねぎ

カレーやミートソースは玉ねぎなしでは味が決まらないし、トマトソースもそうだ。卵とじのカツ丼だって玉ねぎあってこそのうまさ。古代エジプト時代からあった野菜だが、日本へやってきたのは明治から。それなのに、和洋中で大活躍のスター野菜にのし上がったとは大したものだ。

玉ねぎは、長ねぎと同じくユリ科の野菜で、ビタミン、カリウム、亜鉛、リン、果糖・ぶどう糖・蔗糖などのほか、硫化アリルが豊富。これが涙腺を刺激する辛味成分だが、加熱するとすぐ甘くなるから心配ない。

また、玉ねぎは体にいいことづくめで、血液さらさら効果で知られるように血栓や動脈硬化予防によく、食欲増進に役立ち、うま味成分のグルタミン酸も多い。「西洋のかつお節」という異名は伊達ではないのだ。

表面の皮も優れもので、抗酸化作用のあるポリフェノール成分・ケルセチンを含むため、がん予防、アンチエイジング対策、ダイエットにいいことが解明されている。玉ねぎの皮を飲用するお茶の広告が目立つのはそんな理由からである。

玉葱を吊す必ず二三落ち　　波多野爽波

四季折々に国産品が次々と出回るのも頼もしい。秋植え春採り、春植え秋採りが列島各地で順繰りに栽培されているからで、貯蔵できるのも強み。葉が枯れると「玉」の部分が休眠し、発芽しない性質を利用して、収穫後に紐で吊り下げて乾燥させるのだ。大阪府南部の泉南地方、淡路島など伝統産地の玉ねぎ畑の脇に掘っ建て小屋を見かけるのは、玉ねぎを乾燥させていた名残である。

乾燥すると皮が黄色くなるので「黄玉ねぎ」と呼ばれるが、白玉ねぎもある。これは「新玉ねぎ」のことで、じつは別品種だ。甘味が強く、水分たっぷりで、みずみずしい。旬は春季限定で、走りは一月から収穫される。玉ねぎ、玉ねぎむくは夏の季語だが、新玉ねぎの季節感は、わたしにとっては、早春から春のものである。

新玉葱研ぎしばかりの刃に匂ふ　　岡本まち子

関東の店頭には静岡産がたくさん出回るが、わたしは佐賀の新玉ねぎとご縁が深い。有明海の海苔の取材で佐賀県へ通ううちに、とびきりの新玉ねぎに出合ったのだ。

産地は有明海の西北に位置する白石町。鍋島藩時代から干拓をつづけ、少しずつ面積を増やしてきた地域で、目の前は海苔の漁場。平均標高が一メートルで、もう一つの特産品がれんこんといえば、土地の様子がわかりやすい。

つまり、白石の畑はもともとは海底だった。ミネラル豊富で粘土質の土壌であるうえ、日照時間、地中温度、雨量にも恵まれているので、甘い玉ねぎが育つのだ。また、海に近いから、冬は海苔、春からは玉ねぎという働き者の「水陸両用ファーマー」がいる。

玉葱の皮むき女ざかりかな　清水基吉

白石町へは、佐賀市から有明海沿いに車で約半時間の距離。春の光がまぶしくなり、緑が風にきらめき、鼻孔が玉ねぎの香りに反応し始めたら到着である。その緑とは、もちろん玉ねぎの葉だが、どう見ても長ねぎ畑そっくり……というのも当然で、玉ねぎの「玉」とは長ねぎに似た葉が地下で肥大した鱗茎なのだ。えいっと引き抜くとまるまると太っていて、切れば断面から水気があふれ、食べれば辛いどころか甘いこと甘いこと。白石の新玉ねぎは糖度が果物並みなので、ナチュラルな甘味が際立つのである。

白石町には夫や息子は勤めに出て、女性が玉ねぎを担う兼業農家もあるが、注目されているのは、農薬や化学肥料を慣行農法の半分以下に抑える特別栽培農産物（略して特栽）に励む生産者。中村明さんの佐賀オニオンファームだ。
中村さんは、以前は前述の水陸両用ファーマーだった。海と畑を行き来するうちに、農薬、肥料、排水が有明海に流れ込んで、海苔、ムツゴロウをはじめとする海の生きものが影響を受けている現状を体感し、「特栽」に専念することを英断したのである。

透きとほる新玉葱や渦なして　西浦すみ恵

そんな土地だけに、地元では海苔巻きの具に生の新玉ねぎのスライスを入れるし、白和え、納豆和え、また海苔・じゃこ・ごまのオニオンサラダは定番中の定番。ベーコンとの炊き込み土鍋ご飯もお代わり必定の味だ。
わたしは、中村さんの新玉ねぎを丸ごと、昆布を敷いて梅干し一個を忍ばせた鍋で水煮にする。とろりと甘く、まろやかな口当たりで、手間いらずの春のごちそうになる。

玉葱の野面いちめん土香る　千恵子

鯵

魚の王様が鯛ということに異存はないが、大衆魚の王様ならば鯵である。「アジは味なり」というとおり、うま味たっぷりで、癖がないから料理に万能。釣りものはびっくりするほど高価だが、巻き網や定置網の品ならばしごくリーズナブル。干物の原料になったり、食堂や居酒屋で鯵フライが定番になる所以だ。まことに重宝な魚である。

海までの街の短し鯵を干す　神蔵器

鯵はスズキ目アジ科の青魚。すし種になるシマアジ、くさや用のムロアジも仲間だが、普通はマアジを指す。生態の点から区分すると、外洋を回遊する「沖あじ」と、岩礁地帯に棲む「瀬付きあじ」の二種に分かれる。餌が豊富で潮に揉まれる後者がうまいのはいわずもがなだから、各産地ではどこも「瀬付き」を売りにしてブランド化をはかっていて、筆頭は大分県佐賀関港の「関あじ」。豊予海峡の激しい潮流で鍛えられた身は類がないほど締まっている。忘れてはいけないのは、対岸の四国・佐多岬の「岬《はな》あじ」。新参ブランドではあるが、同じ海域で育っているから味は遜色ない。

鰺の郷土味覚としては房総の「なめろう」「さんが」が有名だが、大分県海岸部でも漁村発祥の料理が豊富。佐賀関や別府の名物は、鰺の切り身の醤油漬けをあつあつご飯で茶漬けにする「りゅうきゅう」。なお、同じ料理を南部の佐伯では「あつめし」と呼ぶ。また、鰺を焼いて白ごまとすり混ぜ、醤油で調味した佐伯の「ごまだし」は文字通りごま味の調味料で、これに熱湯を注ぐと郷土料理のごまだしうどんのできあがり。これらには、他の魚を用いることもあるが、鰺でつくるととりわけ舌に親しみやすい。

離島の逸品なら、長崎県新上五島町奈良尾の「紀寿し」という名のお寿司。約四百年前に魚群を求めて住み着いた紀州漁師が伝えた。もともとは船旅用に鰺の酢漬けをおにぎりにしたものだったが、現代は漁協婦人部が工夫し、五島灘の小鰺を背開きしてから酢漬けにして寿司に仕立てる。丸一尾がずんと載った迫力満点の姿寿司である。

夕河岸の鰺売る声や雨あがり　　永井荷風

鰺の旬は旧暦三月、新暦でいえば五月で、産卵前の初夏に味がのる。俳句でも夏の季語とされる。そんな時季の暮らしの一瞬を切り取ったのが荷風の句であり、ご本人も買い出しが大好きだった。なにより、夕河岸という夕方から立つ市に鯵ほど似合いの魚はない。両者を合体させた夕鯵という季語すらあるほどだ。

やりくりの思案の鯵をたたくかな　　鈴木真砂女

鯵の似合う女性といえば、まず真砂女である。大叔母・向笠和子の縁で何度かお目にかかったことがあり、ご自身の営む銀座の小料理屋「卯波」での女将ぶりが目に焼きついている。小柄な体でくるくる動き回る姿は、その日一日を精一杯生きる覚悟にあふれていた。そんな彼女が叩いた鯵たたきは、さぞかし生気に満ちたうまさだったろう。

子の釣りし小鯵囲めり一家族　　阪田昭風

もう一人、忘れられない鯵料理上手の女将がいる。遠藤温子さんといい、先年、八十歳を過ぎてまもなく亡くなられたが、最晩年まで包丁をにぎっていた。伊豆の修善寺駅近くでたった一人で調理から接客までこなすごはん処の女将で、山女でもあった。屋号が山姥に因む「也万波」とは言い得て妙で、常連はみな彼女をやまんばと呼んだ。

やまんばが椎茸、わさびと並んで自慢したのが鯵。修善寺は伊豆半島の真ん中だから、相模湾、駿河湾のどちらからもいい鰺が入る。大半は東京へ出荷されてしまうが、じんたという豆鰺だけは十把一絡げの値で地元に出回るのだ。
うまいのにそんな扱いをされる小鰺の真価を知ってもらいたいと、彼女は手際よく手開きにして、天城わさびたっぷりの刺身をはじめ、から揚げ、南蛮漬けなどをきびきびとつくった。刺身はつるりと弾力があり、揚げものはほわっとほぐれ、どれも伊豆の海のしぶきが口中で弾けた。

少年は厨房に入り鰺料る　　波木井洋子

やまんばには小学生の男の孫がいて、おばあちゃんの仕事をのぞきに時々顔を出した。そんな情景を思い出させてくれたのが波木井さんの句。〈ようこそと何はともあれ鰺たたき〉〈腸が喜んでゐる鰺料理〉という作品もあり、ご自身が鰺好きのようだ。鰺をおろせたら他の魚も楽勝だし、鰺のおいしさを覚えたら、魚好きになるに決まっている。やまんばのお孫さんはどうしているだろう。

晩酌の父のおもかげ鰺たたく　　千恵子

鱧

祭には名物料理が付き物だが、夏の極めつきの味覚なら「祭り鱧」に尽きる。大阪の天神祭でも、京都の祇園祭でも鱧が珍重されるのである。とくに祇園祭は別名を鱧祭りというくらいだ。山鉾が立ち、コンチキチンの祭囃子がうきうき流れる宵山の夕べともなると、家々はおもてなしの鱧料理を並べるし、料理屋は観光客においしい鱧を食べさせようと腕をふるう。吸いもの、焼きもの、酢のもの、鍋、すしなど、どんな調理にも万能なのも鱧の魅力だ。

錦市場をはじめ魚屋、スーパーでも、湯引きした鱧や照り焼きの小切れ、鱧皮の刻んだものを販売するから、誰でも思う存分味わえる。鱧皮ときゅうりを酢の物に仕立てた鱧ざくは簡単に鱧のうま味を堪能できる代表メニューである。

京都で鱧が喜ばれるのは活魚だからだ。生命力が強いので、海から遠い京都まで活きたままで運んで来られたのである。とりわけ、つの字の形に体をくねらせた「つの字のはも」は新鮮な証として高値で取引されたようだ。

ところが、鱧には総身にくまなく小骨が貼りついていて、普通に下処理したのでは到底食べられない。骨切りといって一寸に二十四〜二十五箇所、それぞれ約一・三ミリ幅に切れ目を入れる緻密な包丁技が不可欠だ。その細やかな包丁目が、湯引きしたときに牡丹の花のようにふんわり丸くひらき、いわゆる牡丹鱧になる。また、これに葛粉を軽くまぶして湯引きしたものを椀種にすれば、鱧会席コースでいちばん華やかな一品となる。

鱧のすり身からも名品が生まれた。身を掻きとって蒲鉾や魚素麺に仕立て、品のいいうま味を楽しむのである。

大阪の祭つぎつぎ鱧の味　　青木月斗

鱧は、西太平洋からインド洋にかけての広い範囲で棲息し、底引き網や延縄漁で水揚げされる。日本近海では瀬戸内海や九州西岸の豊前海が名産地で、京阪は明石をはじめとする瀬戸内産がもっぱらである。

一見、鰻や穴子に似た姿形だが、獰猛な顔と鋭い歯は鱧だけのもので、可愛げはまったくない。何にでも噛みつく習性から「食む」が訛って「はも」と名付けられたと聞けば、悪役ぶりがご納得いただけるだろう。

ということは、一方では、生命力にあふれているわけで、栄養的には高たんぱく質でビタミンA、B_1、B_2に富み、皮はぬるぬるしてコラーゲンたっぷりだから、夏のスタミナ補給にうってつけ。それでいて、きれいな白身であるし、味わいが淡白しごくなのに、みごとに脂がのっている。不思議にアンバランスな逸品食材なのである。

大粒の雨が来さうよ鱧の皮　　草間時彦

鱧は梅雨の水を飲むごとにうまくなるそうで、とどのつまり梅雨明けからが旬。夏の季語として、生鱧、祭鱧、水鱧、鱧皮などのほか、鱧ずし、鱧ちりといった料理名も詠まれる。前掲の句は、食いしん坊で知られた草間さんならではの世界で、まだ梅雨のうちに鱧を食べたのだろう。あるいは、あでやかな食味ではあるものの、陰陽に分けたときには陰の食後感になるあたりが、雨を連想させたのかもしれない。

鱧料理瑞穂の国は偃武なり　　中臺誠一

さて、鱧は京阪の名物と言ってきたけれど、大分や福岡の鱧もじつにおいしい。周防灘に臨む九州北西部の豊前海が鱧の産地で、ここから揚がる鱧が出回るのはもちろん、宮崎や鹿児島からも活きのいい鱧が集まるのだ。豊前海は日本三大干潟の一つ。多くの河川が注ぎ込むため海の栄養分が豊かで、約四百種の魚介が棲む。魚の水揚げ中心地は中津。黒田官兵衛が開いた城下町であり、福沢諭吉の故郷である。城主は何度も替わったが、町には黒田家ゆかりの史跡が多く、しっとりした情緒をたたえている。

この町の真髄を楽しめるのは枝町の老舗料亭・筑紫亭。門をくぐると白い夏椿が涼を伝える。ほどよくさびた廊下をたどると、奥座敷ではさらに素敵な白色が迎えてくれる。切り子ガラスに盛った湯引き鱧である。純白の身に梅肉の紅がちょんとのった姿はなんとも清涼だ。冷え冷えの吟醸酒で味わうと、控えめだった鱧の脂が急にふくらんでくる。はるばる出かけるだけの価値が充分にあると思う。

つづいての料理は、鱧ちり。薄味をつけた熱々のだしにそぎ切りにした活鱧をさっとくぐらせると、身がちりちりと丸まり、鍋の中に牡丹雪がひとひら、ふたひらこぼれる。真夏の中津で雪が見られるとは、戦国時代の官兵衛には思いもよらなかっただろう。平和な世であってこそ食を楽しめる。いついつまでも鱧を味わえる日本であってほしい。

牡丹鱧の白き花びら雨上がる　千恵子

どじょう

大人の味といえば、最初にどじょうが浮かぶ。父が食いしん坊だったし、ちょくちょく外食する家庭だったから、わたしは早くからどじょうの味になじんでいたし、家にいるときも、父は柳川鍋で晩酌ということがあった。傍らには団扇があり、風鈴が澄んだ音を立てていたから、あれは夏だったのだろう。父ははやばやと旅立ってしまったので、昔の食べもの噺で父娘がくつろぐこともうできない。まことに口惜しい。

そんな環境だったのに、十代までのわたしには、どじょうは可もなく不可もない食べものだった。同じくスタミナメニューのうなぎのほうは大々好きだったのに、どじょうの真価については、まだねんねだったのだ。

宵の町雨となりたる泥鰌鍋　　深見けん二

どじょうは泥くさい、という印象がある。漢字では泥鰌と書くぐらい泥と縁が深いのだ。住み処は、川の淀み、池、沼、水田の底の泥の中と幅広い。えら呼吸のほか、腸でも呼吸できる特殊体質だから、極端にいうと酸素さえあれば棲息できるのだろう。

ちなみにどじょうの異名の「おどりこ」は、捕まって桶に入れられたどじょうが酸素を求めてシンクロナイズドスイミングのように水面に飛び上がり、ジャンプまですることに因るとか。どじょう地獄という伝説の料理も哀れである。煮えたぎった鍋の中で、まだ火の通らない豆腐の中にもぐり込んではみたものの、やがて豆腐もどじょうも一緒に煮えてしまうというのだが、実際には、必要以上におもしろおかしくつくりすぎた話のようだ。

どじょうの産卵期は春から夏で、その頃は卵を抱えているから味がいい。そして冬になると泥の中にもぐり込み、冬眠生活に入る。どじょうの漁は筌《うけ》などを使うことが多いようだが、イメージ的には、ざるですくう安来名物どじょうすくいがいちばんしっくりくる。

それにしても、どじょうは最大でも体長二十センチ弱だし、十本もある口髭がひょうきんなので、ユーモラスな印象が先立つが、じつはたんぱく質やミネラル豊富で、疲労回復どころか、食べるほどに元気がずいずい高まる。

歳時記ではどじょう、どじょう鍋、柳川鍋は夏、どじょう掘るは冬の季語。わたしたちの口に入るどじょうは養殖ものが多いが、農薬の制限のおかげで天然ものも水田に戻ってきている。一度でいいから、冬出で冬眠中のどじょうを掘る漁師の姿を見て、一句つくってみたいものだ。

灯を入れて葭戸透くなりどぜう鍋　石田波郷

味覚が成熟するにつれて、わたしはどじょうが大好物になった。どじょう鍋屋には下町の食べもの店ならではの情緒があり、それが味の引き立て役になっていることもわかってきた。波郷の句にはその気分がよく出ている。

隣席は老のひとりのどぜう鍋　大沢てる子

暖簾をくぐるとこんな情景にもぶつかる。一人きりの食事でも、どじょう鍋にすれば気持ちがはなやぐ。

どぜう鍋出汁は秘伝の三代目　石澤敏秀

ところで、どじょうを「どぜう」と表記するのは、享和元年（一八〇一）創業の浅草の老舗「駒形どぜう」が始まり。六代目当主によると、創業当初に大火にあい、四文字では縁起が悪いと奇数文字の「どぜう」に変えたところ、評判を呼んで店は大繁盛し、他店も真似したのだそうな。

箸の出ぬものの　つにどぜう鍋　　小野英明

わたしは父が贔屓にしていた、浅草のかっぱ橋本通りにある飯田屋も好きだ。明治後半の創業で五代目にあたる若旦那が爽やかに店を仕切り、板場の衆やおねえさん方はきびきびして愛想がいいから、まるで歌舞伎の世話物の舞台のようだ。関東を中心に国産の天然ものを仕入れ、庭の井戸水で清めてから調理するので、味もすばらしい。

から揚げやどじょう汁もあるが、いの一番に頼むべきは鍋。頭付きの丸、ひらいた骨抜きの二種があり、どちらの鍋も刻みねぎを山盛りに載せて煮るほどに、どじょうの味が立ってくる。キレがよくて辛口のつゆは、酒にも絶好だ。

それでも食わず嫌いという方には、骨抜きを笹がきごぼうと薄甘く煮て、卵でとじた柳川鍋がおすすめ。どじょうとごぼうの出合いものの味で、新ごぼうの時季はとくにおいしい。これにも箸が伸びないとおっしゃるならば、どうぞお茶を飲んでお帰りくださいませ。

女子会のメニュー即決どぜう鍋　　千恵子

昆布

和食がユネスコの無形文化遺産に認定されて以来、だしが注目されてきた。鮮度のいい食材、乾物類、あるいは発酵させた食品を用いて、一汁一〜三菜を臨機応変に調えるのが和食の基本だが、このときに醤油、味噌などの調味料とともに不可欠なのがだしである。

海外の料理でいえば、ブイヨン、スープストックが同じ役割を果たす。だが、西洋料理や中華の場合は骨付き肉や玉ねぎ、にんじんなどの香味野菜をどっさり入れ、長時間かけてくつくつと煮出すのに対し、日本のだし取りときたら、超クイック。昆布、鰹節、さらに干し椎茸、煮干し、焼きあごまで見渡しても、鍋が煮立ったときには、すでにだしは出きっている。天然のうま味成分がすっかり溶けだしているのだ。

無形文化遺産となったおかげで、だしの生産者は自分の仕事に誇りをもつようになり、どんどんアピールし始めた。その結果、海外のトップシェフたちも日本のだしに関心を抱き、その情報が逆輸入されて相乗効果をもたらし、だし材料売り場が盛況になり、だし取り教室もにぎわってきた。実際、日本橋の商業施設・コレド室町でいちばん賑わっているのは、昆布と鰹節の売り場である。

朝日が呼ぶ海の青さを昆布馬車　　大野林火

ともあれ、日本のだし材料のうちで、国内の生産地から消費地までもっとも長い旅をしているのは昆布。『続日本紀』には蝦夷地から朝廷へ献上した記録があるくらいで、かの地の人々は古くから昆布を食べていて、干して折り畳むという保存法を編み出し、交易品や献上品として活用していた。

中世以降、日本海回りの商船が松前と本州を往来するようになると、昆布は船荷の中心となり、航路は「昆布ロード」と呼ばれるほどになった。終点の京都、大阪はもちろん、船が寄港した港々や周辺内陸部にも昆布を多用する文化が根付き、やがて沖縄へ、さらには中国にまで伝わった。

北海道は今も日本一の昆布産地で、国産品のざっと九割を占める。北海道の四つのでっぱり全部が昆布の住み処で、真昆布、羅臼昆布、利尻昆布、日高昆布という有名品は、それぞれのでっぱりの特産。だし用には日高以外が御三家とされ、日高やその他の昆布はおでんなどの食用に向く。

両の目に余る昆布を刈りにけり

櫂　未知子

昆布は海底の岩礁にくっついて成長し、採取するのは主に二年藻。春からぐんと伸び、夏が近づくと、丈も肉付きも急成長する。大人の背丈の二倍にもなり、黒いゴム合羽のように肉厚だから、着物の帯にしたとすれば特大のお太鼓結びができあがる。ということで、夏に収穫するから、歳時記でも昆布刈りや昆布は夏の季語になっている。

わたしは各地の浜を訪ねてきたが、忘れがたいのは函館市郊外の川汲の昆布漁だ。天然真昆布の最高級品産地で、資源保護のために出漁はべた凪の好天日だけと決められている。夜明けにその日の漁の有無が決定し、午前五時に出漁。みるみる小舟が散っていく。

船頭と採り手の二人が乗り込み、沖合い一キロほどの昆布がゆらゆら群生する漁場に舟を止めて、海底をのぞき込みながら、長い棒を海底へ延ばす。二股に分かれた先端に昆布の根元を引っかけて岩盤からはがし、棒に巻きつけて、渾身の力で引き揚げるのだ。

浜に戻ってからも重労働は続く。昆布を一本ずつクリップで止め、浜風に数時間あてて水をきり、次は乾燥室の温風で乾かす。浜での天日干しは一部の産地では続けられているものの、天候に左右されすぎるし、取り込みが大変なので、いまや昔話になりつつある。

干し昆布布のごとくに折りたたむ　　今井星女

業界には「六十手数の折り昆布」という言葉がある。昆布は、干しただけでは売り物にならないということだ。蒸らしてはのばし、端を切り取り、折り畳み、熟成させてと、気が遠くなるほど手間ひまかけなければならない。これらの作業を、昆布漁師は、年寄りがいる家庭ならその手まで借りて、夜なべ仕事でこなしていく。

千年余浜の営み昆布刈り　　石澤敏秀

石澤さんには〈昆布干す浜に総出の三世代〉という句もあり、生産者に向けた眼差しのあたたかさが印象的だ。

とにもかくにも、日本の海は環境や気象の悪化で海が痩せ、昆布漁師も減り、養殖や輸入品に押されている。いくらだしが注目されても、良質な昆布なくして、おいしいだしは取れない。そのことを肝に銘じるのは、今しかない。

北の海揺らしつつ取るや昆布だし　　千恵子

さくらんぼ

クリームパフェに本物のチェリーが一粒ちょんと飾られるようになると、国産さくらんぼのシーズン開幕だ。アメリカンチェリーがどれほど安価に輸入されようとも、あの濃い紅色を飾りに用いるほどには、日本の飲食店の感性は薄っぺらくない。淡黄色の肌に恥じらいを浮かべてほの赤く色づいてこそ、われらのさくらんぼ。往年の流行歌『黄色いさくらんぼ』を作った星野哲郎、浜口庫之助コンビは、さくらんぼの真の姿を見抜いていたのだ。

さくらんぼとは桜の果実の総称で、花見が終わると早々と小さな実をつける桜樹の実は「桜の実」であり、夏の季語になっている。ただし、現代では、西洋起源の甘果桜桃（セイヨウミザクラ）の実を指すのが一般的で、歳時記でもさくらんぼ、桜桃、桜桃の実、さくらんぼ祭が夏の項に入る。付け加えると、「桜桃の花」は春の季語である。

てのひらに桜桃盛りて故郷あり　　五所平之助

それにしても、明治初期に欧米から導入された新参の果物なのに、今や東北地方はさくらんぼの大産地となったし、店頭に並ぶや歓声とともに買われていく人気者なのだからすばらしい。ころころした手ざわりが楽しく、つまんで口に運ぶと青春の香りが鼻をくすぐり、歯をあてるとぷちんと皮が弾ける。甘酸っぱい果肉の固からずやわらか過ぎずの食感に心がときめく。桜桃ゆかりの俳号を持つ成瀬さんは、そのあたりの魅力を、みごとにつかみとっている。

さくらんぼさざめきながら量らるる　　成瀬櫻桃子

今でこそパック詰めが当たり前だが、櫻桃子さんの時代は店頭で山盛りに積まれ、好きな量だけ計って買ったのだろうし、わたしも幼い頃にそんな光景を見た記憶がある。祖父母と出かけた帰りみち、駅前の果物屋ではしりのさくらんぼを見つけて買ってくれたのだ。うっすら赤い実が電球の灯でつやつやきらめき、おぼこ娘の匂いを放っていた。

仕事をつうじて山形県とのご縁が深まるにつれて、わたしはますますさくらんぼ党になった。山形は日本の生産量の約七割を占め、山形新幹線の通る東根市には、そのものずばりの「さくらんぼ東根」駅まである。それだけに、駅周辺の東根、寒河江エリアは日本一のさくらんぼ王国。どこまで行ってもさくらんぼ畑で、春は白い花、初夏からはちいさな実が目に飛び込んでくる。そして、どの畑の背後にも、月山が悠々と裾をひいている。

仲良しのごとつながってさくらんぼ　蟇目良雨

子供の頃に聞き覚えていた最高級品種はナポレオンだったが、現代はさま変わりした。早生種ならば紅紫色で濃厚な風味の紅さやか、中生種だが旬が長くて晩期まで出荷される甘味自慢の紅秀峰などが知られるが、山形のみならず当代一の品種といえば、やはり佐藤錦である。

東根市の篤農家・佐藤栄助がナポレオンと黄玉を交配して育種したもので、昭和三年（一九二八）に誕生した。甘味と酸味のバランスが絶妙で、果肉はやわらかく、姿も色も艶もよしと、すべてが日本人好みである。なのに、唯一、味のもちがやわなために、遠距離出荷はなかなかむずかしかった。それを救ったのがクロネコ便のあの会社らしい。開発に精根込めた佐藤翁の逸話と佐藤錦の美味に感銘したヤマト運輸の社長が、自社の輸送ルートを駆使して冷蔵便による出荷網を整備したおかげで、佐藤錦は全国区の知名度の人気さくらんぼにのし上がったそうな。

さくらんぼ一粒といへ豊かなり　　嶋村恵子

さくらんぼを食べた後の種子にはいい使い途がある。内部が空洞になっているため、温めると保温力が生まれ、冷やせばひんやり感が持続する。それで、ドイツやスイスでは種を枕に詰め、チェリーピローと称して暮らしに取り入れている。そんなアイディアをさくらんぼ自慢の山形が見逃すはずがない。さくらんぼ東根駅近くの直売所で見つけたのは、地元観光協会が開発した枕である。

綿布に包まれた小形枕のなかには、小指の先ぐらいのさくらんぼの種子がぎっしり詰まっていた。使ってみたら、種子の粒々感の当たり具合が気持ちいい。ふと気づくと、枕からぷーんとアルコールの香りが立ちのぼっている。わるくない匂いで、なんとなくまどろみを誘ってくれる。やがて事実が判明した。さくらんぼはワインやリキュールの原料になり、東根でも生産しているのだが、それに用いたさくらんぼの種を詰めた枕なのである。よほどアルコールに弱い方はともかくも、サブの枕としてはわるくない。

さくらんぼ所在なき夜の友なりし　　千恵子

メロン

ものごころついてこのかた、メロンをたっぷり食べた記憶がない。たとえ外で食べるにしても、高級鮨屋や天ぷら屋のデザートの一切れ。ぺらぺらに薄い三日月形がせいぜいで、フルーツパーラーのフルーツポンチだって半口大のカットが入っていればいいほうだ。同じ球形の西瓜とは大違いで、いまだにずっとあこがれの果物である。

もっとも、昔のメロンは食べた後に喉がいがらっぽくなるといわれ、わたしの長唄の師匠は、美声を保つためにメロンを控えておられた。

でも、メロンに最近、あらためて興味をもちだした。きっかけはあるテレビ番組でメロン特集を見たこと。番組では、水平に横二つに切って、下半分から先に食べることをすすめていた。下の方がより糖度が高いからだそうな。もちろん、出演者は全員〝ガッテン〟だった。

うーむ。イタリア人は横ハーフカットの窪みに、きりきり冷やしたワインを注いで食べるし、生ハム&メロンという絶妙な前菜メニューも考案している。メロンを横切りにすることもありそうだ。番組では、このように切れば一個五百円前後のメロンでも高級品の味になると保証していたけれど……。

メロン掬ふに吃水線をやや冒す　鈴木榮子

急にメロンが気になって素顔を調べてみたら、日本では西洋系と東洋系が合流していた。そもそも、メロンはアフリカ原産のウリ科一年生草本。中近東で栽培された後に西方へ伝播したのが西洋系で、代表品種は網目のきれいなネットメロン。一方、東回りの東洋系は西域のハミウリ（哈密瓜）が知られているほか、日本のシロウリやマクワウリもこの仲間である。

シロウリといえば奈良漬の材料だし、美濃・真桑村原産のマクワウリは古事記や万葉集にも登場し、爽やかな風味で日本の夏に不可欠な存在だったが、昭和三十年代後半に突然消え去ってしまった。西洋系と交配させたプリンスメロンが出現して、甘味の点で完敗してしまったのだ。ともあれ、奈良漬になるシロウリもメロンのうちということだから、奈良漬の詰め合わせに、西洋品種の摘果小メロンがちんまり収まっているのも自然な成り行きなのである。

西洋品種は、日本へは明治時代に伝わった。表皮に網目のあるネット型とつるつる型に大別でき、さらに青肉、赤肉、白肉があり、また栽培法により温室、ハウス、露地の区分があるから、種類も名前も込み入っている。

メロン食む別れの刻のあをあをと　鍵和田秞子

では、千疋屋など高級果物店で〻万円クラスのメロンとは何ぞや。お答えします。最高級のいただきもの、桐箱入りの正体は、温室青肉ネットメロン。品種名はアールス・フェボリット。大正末期に英国から導入され、日本で改良に改良を重ね、高品質品が一年中生産できるようになった。一株に一果だけを残して、残りはすべて摘み取ってしまい、ガラス温室で温度と水分を日々管理しながら育て、収穫するときは、かっこよくT字型に枝を残す。

モダンアート感覚の網目模様に覆われた玉に包丁を入れると、淡緑の果肉がのぞき、とろりと甘い香りが鼻をくすぐる。その香は麝香（ムスク musk）そっくり。それでマスクメロンと通称されるようになった。なお、メロン上部に貼ってあるラベルのうち、いちばんポピュラーなクラウン印は、静岡産の高級ブランド名である。

旗立てて村のメロンの出荷どき　　橋本うらら

歳時記でメロンは夏に分類される。温室ものが多いので実感しにくいが、それでも旅に出ると、「メロンは夏」と、うなずける。各地にハウスや露地栽培の美味メロンが増えていて、この時季にはみごとな姿態を惜しげもなくさらしているからである。

メロンはカリウムたっぷりで、高血圧予防にも効くといわれる。また、赤肉系はβカロテンも豊富に含む。赤肉では夕張メロンが名高いが、山形県鶴岡市の空港近くの砂丘でも盛んに栽培されていて、鶴姫レッドという品種がただいま売り出し中。名称にふさわしく、味が濃いのはもちろん、おいしさにこまやかさが感じられる。

いくつか食べ比べてわかったのは、完熟度が大切ということ。わたしは熟れすぎ加減をおすすめしたい。果肉はとろとろ流れるくらい、香りはむわっと立つくらいがいい。コツは、高級果物屋の閉店間際に駆け込んで、熟れ熟れでバーゲンになった逸品を買うこと。ワンコイン価格で入手して、一気にぺろりと半個食べた経験からの結論である。

マスクメロン首も手足もスイングし　　千恵子

夏みかん

お向かいの家の塀から夏みかんの枝が張り出し、大きな実を五つも六つも付けている。夏祭の季節になっても、実はそのまま手つかず。塀の下を通るたびについ背伸びしたくなる衝動は、果物好きならきっと覚えがあるはずだ。

ともあれ、暮らしのなかの視界に夏みかんがあるのは楽しい。爽やかな黄色が目に飛び込んでくるだけで気分がさっぱりするし、夏みかんが輝く海辺や城下町の情景までが眼に甦る。

満山の仏とあそぶ夏蜜柑　　加藤楸邨

夏みかんはミカン科多年生常緑灌木で、夏だいだい、夏かんの異名をもつ。江戸時代中期に山口県長門市で文旦の自然雑種として誕生した。一方、甘夏は大分県発祥の川野夏だいだいというものがルーツで、酸味の抜けが早く早生で採れるため、すっかり普及して甘夏の呼称で広まった。現代、夏みかんの大半は甘夏種となっているから、本稿でも夏みかん、甘夏の両方を取り上げたい。

どちらも初夏に五弁の白い花が咲き、やがて実を結び、冬になると色づくが、糖度が高まり味がのるのは温かくなってからだ。そのため、収穫は四～六月が最盛期で、夏みかんの名称どおり夏を先駆ける味覚となる。

夏みかん手に海を見る場所探す　細見綾子

日本は柑橘王国なので、温州みかんが終われば、ぽんかん、伊予かん、八朔、ネーブルなどが次々登場するし、デコポン、清見など新品種もある。日向夏、河内晩かん、小夏、土佐文旦、たんかんといった郷土色の強い品種も健在。あれもこれも大好きだが、それでも地方の知り合いから夏みかんが届いたときはわくわくする。爽快な酸味は夏みかんだけのものだし、種が多い点も不思議に許せてしまうのだ。

江ノ電の触れさうな軒夏みかん　千葉喬子

わたしが夏みかんの魅力を再認識したのは、三重県の尾鷲でのこと。黒潮流れる熊野灘に臨み、温暖で日本一多雨な尾鷲は柑橘が豊富で、中でも甘夏の味に定評がある。

木からそのままもぎ取り、ぎゅっぎゅっと手で搾って、砂糖と一緒に煮詰めると、黄金色のシロップができる。黒潮に跳ねる陽光を集めたようなこの甘夏シロップを、町の食堂は、なんと、かき氷にしているのだ。キーンとこめかみに響く冷たさが、甘夏の甘味、酸味、ほろ苦味と一緒になって五体に広がるうれしさは何にもたとえようがない。

夏みかん酸っぱしいまさら純潔など　　鈴木しづ子

瀬戸内海の大三島の甘夏もいい。航海安全と武運の神様の大山祇神社ばかり知られているが、高級白身魚のおこぜと柑橘が特産で、尾道からしまなみ海道を通り、愛媛県に入ると最初に着く島だ。柑橘の香りが到着サインである。

大三島には、かつてわが家にいたお手伝いさんが健在なので、連絡しついでに甘夏をねだることがある。翌日すぐ届く甘夏の濃くて甘くて爽やかなこと。都会のカフェにも甘夏生搾りジュースがある昨今だが、産地直送を自分で搾り、気に入りグラスでロックをきゅっとやるのがいちばんんだ。

めいっぱい働きし夜の夏蜜柑　　鈴木節子

ＮＨＫ大河ドラマ『花燃ゆ』の舞台、山口県萩市に、江戸後期、海岸に流れ着いた果実の種を育てる人がいた。やがて武家屋敷に植えられるようになり、明治維新後は失職した武士たちが特産品に育て上げた。その歴史を伝えるのは明治創業の光國本店の「夏蜜柑丸漬」。中身をくり抜いた後の皮に夏みかん風味のようかんを流し固めたもので、薄切りにすると、夏みかんのエッセンスが甘く、苦く、懐かしく広がる。

京都には、萩の夏みかんあってこその銘菓がある。北野天神近くの花街・上七軒の老舗菓子屋・老松の「夏柑糖」。萩で契約栽培している夏みかんが主役で、果肉をそっとくり抜き、果汁と寒天液を合わせて皮に戻し入れて冷やす。

切り分けると寒天がぷるるんと揺れて、とても涼やか。酸味と甘さのバランスが絶妙だが、本当のところは、びっくりするほど大量の砂糖を寒天液に溶かし込むと聞いた。純粋種の夏みかんはそれほどに酸味が強いのだ。最近は似たような冷菓が多いけれど、甘夏使用がほとんどのせいか、いまひとつキレがもの足りない。日頃は甘夏を愛するわたしだが、この菓子のときばかりは、あっけなく夏みかん党に鞍替えしてしまうのである。

夏みかん唱歌の景にいざなはる　　千恵子

鰹節製す・新節

世の中万事ピンからキリまである。鰹節でいえば、鹿児島県枕崎と山川のものが現代のトップブランド。なんと両者だけで国産の七割を占める。どちらも遠洋漁業の鰹船の基地だから原料に不自由しないし、黒潮のおかげで年間平均気温十八度と、鰹節を天日で干すには最高の環境。さらに、鰹を茹でるための良質な水と、燻し工程で大量に消費する薪も地元で確保できる。

新節の硬き血色を削りけり　　岡田四庵

鰹節にするには、現代は遠洋物の鰹を使うのが普通である。大きくて脂がのりすぎていないほうがいい。できあがると長さは鮮魚のときの半分、重さは六分の一になってしまうし、脂が多いと酸化しやすいから、近海物を刺身で食べるときとはまた別の選択眼が必要なのである。何より、船上で急速冷凍した鰹を風味絶佳の鰹節に仕上げる秘伝が、産地にはきちんと伝わっているのだ。

それでも、初夏、鰹が近海に回遊してくると、日本中が活気づく。歳時記でも鰹節に関わる季語は、鰹の旬に準じて夏の項に入っている。「鰹節製す」、そして新物の鰹節を意味する「新節」。「生節」、同義の「なまり節」「生利節」「なまり」も同じく夏の季語である。

新節の一途焙炉の火を見たり　　古舘曹人

生節とは何か。説明するには鰹節の工程をお話しするのが早い。ごく最初の段階でこれが登場するのだ。鰹節づくりは鰹を三枚あるいは五枚におろし、籠に入れて茹でる（煮熟）ことから始まる。茹で上がったものがすなわち生節で、その異名が「なまり」。きゅうりの酢の物や焼き豆腐の煮付けなどに重宝するあの便利ものである。

工程の話を続けよう。生節に鰹のすり身を塗って形を整え、薪火の煙で約一カ月間も燻して（焙乾）、荒節をつくる。この荒節を削ったものがいわゆる花がつお。濃厚なうま味があり、少量で濃いだしがとれるから、ラーメンのつゆなどにも人気があり、実情としては、製造途中の荒節をイコール鰹節と思い込んでいる方も少なくない。

風と日は大き味方や鰹節干場　　千葉喬子

荒節を削って裸節にするといよいよ最終段階だ。黴菌を噴霧して、黴を生やしては天日干しする作業を三、四回繰り返す。やがて鰹は黴に水分を吸われて完全に乾燥し、太陽光にさらされて世界一硬い食品と化す。これが本枯れ節だ。最短でも四カ月、長ければ一年間がかりの仕事である。

できあがった本枯れ節を割ってみると、断面は真紅のルビーのよう。言い方を変えれば、活きた鰹の身の色がそのまま封じ込められている。この様子を「枯れた」という言葉で言い切ったセンスはすばらしい。ここから、本枯れ節という呼称が生まれたのだ。

それだけに、薄く削ると、深遠な香りが立ちのぼる。ひとひらつまむと、うま味はまさしく禅味。大海原を進む鰹のいのちが、ひとひらひとひらに息づいている。

そして、澄みきっただしがたっぷり出て、上品で風格のあるおいしさが口中にあふれる。日本酒が「国酒」なら、本枯れ節のだしは「国だし」と言っていいだろう。

新節の甘き香りのふんはりと　和田順子

いっぽう、伝統産地もがんばっている。鰹節は和歌山の漁師が土佐に伝えたのが最初で、やがて黒潮の沿岸部が産地になった。ところが、鰹の遠洋漁業が盛んになると、小規模な漁港はよほどの才覚がないと立ち行かなくなった。その点、注目すべきは志摩・大王岬の波切節と、西伊豆の田子節。ともに古くからの産地で、波切は伊勢神宮に近いし、伊豆の鰹節は江戸に大量に運ばれた。そんな歴史を裏付けるように、どちらも伝統製法を守っている。

それが手火山式焙乾法。燻しの工程は、現代では専用の部屋に生節を置いて地下室で薪火を燃やす大仕掛けが多いが、この焙乾法では鰹を入れた蒸籠を竈にのせ、下から薪を焚いて燻す。まことに素朴な製法だが、これを伝える生産者が田子にも波切にもいるのだ。古人が鰹の保存に知恵をしぼり、うま味の元を生み出した、そんな心が今なお生き残っているのである。

それにつけても、鰹をとことん枯らした後に残った、うま味百パーセントの塊を、現代人は必ずしも使いこなしているとはいえない。だし材料と思うから、鰹節は遠くなる。まずは、本枯れ節をそのまま食べることから始めよう。おかか和えも簡単だし、卵かけご飯やおひたし、サラダにひらひらとトッピングすると、別世界がひらけてくる。

鰹裁つ父子四代や鰹節製す　千恵子

すし・なれずし

うれしいにつけ悲しいにつけ、日本人はすしを食べる。通夜の席でさえ、まぐろや海老のにぎりに箸を伸ばす光景は珍しくない。ヘルシーさを謳い文句にすしは世界を制覇したから、ニューヨークでもパリでもスーパーで買える。

今のにぎりずしは、十九世紀初めの文政年間に江戸両国の華屋与兵衛が考案したものだといわれる。だから、江戸前の魚介が合うのは当然だけれど、サーモン、アボカド等々ネタにならない食材はないかと思えるほど融通無碍なのは、何とも不思議だ。もちろん、酢味をつけた銀舎利、薬味のわさび、うま味と芳香のエキスである醤油と、おなじみ三役のバックアップがあってこそのおいしさである。

鮓 桶 の 塗 美 し き 燈 下 か な　　星野立子

じつは、日本のすしは弥生時代後期に始まるようだ。東南アジアや中国の稲作地帯でつくっていた保存食品が伝播したのである。魚や肉を塩漬けしてからご飯とともに漬け込むと、乳酸発酵して独特の風味になり、日もちもいい。いわゆるなれずしだ。

日本は魚が豊富で、水がよく、人々には魚を新鮮なうちに処理する勤勉さがある。米は、うま味と粘りけのジャポニカ種。各種のすしが発達する条件がすべてそろっているわけだ。平城京の貴族の屋敷跡からは各地から届いた鯛、鮎、鮒などのすしの荷札が見つかっている。鮒ずしを始めとする現代のなれずしの祖型は、この時代にはもう始まっていたのである。

室町時代になると、すしはたんぱく質源の保存食品から、ご飯をおいしく食べるための嗜好食品へと進化する。たとえば、ご飯が乳酸発酵していいあんばいに酸味が出た頃に桶や樽から取り出して、とろとろになったご飯も一緒に賞味するといった具合だ。この状態を半なれずしという。

江戸後期になると、ご飯に酢味をつけておき、酢締めした魚と合わせる早ずしが生まれる。これが普及して魚の姿ずし、起こしずし（ちらしずしの祖型）などができ、ついには最も簡略化した江戸前にぎりずしが誕生するのである。

つばめ来る御鮨街道標のみ　徳山　久

また、各地に郷土ずしが根付いた。歳時記を開くと、夏の項にすしの類語として、おしずし、なれずし、一夜ずし、早ずし、すし圧す、すし漬ける、すし熟るるなどがあり、鮎ずし、鮒ずしなどの魚種別、笹ずし、ばってらずしなどの形態別まで載っている。さすがすしの国だけのことはある。

それだけに、特産ずしを時の権力者の元まで運んだすし街道まであり、代表的なのは岐阜県の「鮎鮨街道」「御鮨街道」と呼ばれるルート。長良川の鵜飼漁でとれた鮎を岐阜市でなれずしに仕立て、笠松で木曽川を渡り、一宮から名古屋を経て東海道を江戸へ向かった。約百里（約四百キロ）を五日間で運んだそうだから、人足に駆り出される沿道の農民たちもたいへんな苦労だった。

それにしても、鮎が旬の六月から九月までとはいえ、月六回も運んだこともあった。徳川家康が大の鮎好きだったことから始まった行事だが、きっと歴代の将軍もこぞって鮎が好きだったのだろう。

もっとも、近年は鮎鮨街道が町おこしで大きな役目をはたすようになった。徳山さんの句のように、岐阜市中心部の街道筋に道標が整備されて観光スポットになっているし、料亭や鮎料理店も鮎なれずしを復活して鵜飼見物客にアピールしている。十数年前までは、鮎ずしは鵜匠の家にわずかに伝わるだけだったのだから、うれしいことだ。

朴葉ずし朴の若葉の香を開く　岩田洋子

日本は山が多いだけに、山の幸のすしも豊かだ。山菜や若葉の時季に、すしをつくるのである。朴葉ずしは、香りがよくて大きく分厚い朴葉を活用したもの。朴葉の上に椎茸などの五目ずしを広げて、錦糸卵、鶏肉やツナのそぼろなどを美しくあしらい、朴葉ごと二つ折りにして、軽く圧せばできあがり。毎年、郡上八幡の知人から届くと、朴葉の茂る山を見に行きたくてうずうずする。山菜のすしは、旅ごころを誘うのだ。

木曽の虎杖の押しずしも山の風趣に富む。虎杖は木曽、紀州の一部、土佐の人々が熱愛する山菜で、塩漬けにしておいて、使うときに戻す。そのため、しわしわとした食感と、昆布とたくわんをミックスしたような風味が特徴で、慣れると癖になるおいしさだ。南木曽の木工職人の家庭に伝わるものは、薄味で煮た虎杖を型に敷きつめ、まぐろ缶のそぼろをすし飯に挟んで圧してある。切り分けて頬ばると、木曽の山びこが聞こえてくる。

山海の幸を集めてすしを押す　千恵子

ちまき・笹巻き

柱にきずをつけて背比べする光景は消えたが、こどもの日にちまきを食べる風習はますます盛んだ。デパートの和菓子売り場には柏餅のとなりに笹ちまきが必ず並んでいるし、地方に行こうものなら、直売所や道の駅でも青笹に包まれたちまきが清々しい香りを放っている。お節句の情景や家族の思い出とつながる行事食ならではの力があるのだ。

男の子うまぬわれなり粽結ふ　杉田久女

本家の中国では、端午の節句は子供とは直接は関係ない厄払いの行事で、二千年以上前の楚の国の政治家であり詩人である屈原をちまきで供養する日でもあった。しかし、この節句が日本で奈良時代以降に盛んになり、やがて武家社会で子供の成長を願う行事にと変化するにつれて、ちまきは米料理からお菓子へ移行したようだ。もちろん、男女も老若も問わず好まれている。

日本で確認できる最古にして二十一世紀の今も現役のちまきは、戦国時代まっただなかの文亀三年(一五〇三)に創業した京都の川端道喜の水仙粽である。原料は笹、葛、砂糖、水。笹は包むだけで、中身は葛菓子である。ちょうど真竹の細いたけのこのようなイメージで、極細の円錐の形がなんとも美しい。

御粽司・川端道喜十五代目の川端道喜さんの著書『和菓子の京都』によると、

「京都では粽を巻くのに、北山の笹を使うんです。……特性というのは、非常に香りがいいことと、両面に繊毛が生えていないことですね」

とあり、この笹に葛を包んで藺草の殻で巻き締め、五本束ねて湯がくそうだ。水仙粽は笹の葉をひらくと清爽な香りが立ち上り、透明な葛が優美な姿をのぞかせる。一口食べると、つるりもっちりとした食感のあと、上品な甘さが広がる。真の大人にこそわかる深い味である。

なお、京都では祇園祭にそれぞれの山鉾町で厄除けのちまきを授与して各家の玄関に飾る習慣があるが、残念なことに、縁起物なので食べられない。それにしても、老舗から新規開店のお店まで、業種を問わず、かならずといっていいほどこのちまきを壁にかけてあるくらいだから、ここ数百年間ずっと京都人の暮らしを支えてきたものであることがよくわかる。

笹粽香りて遠き母のこと　中野冨美子

ちまきは、笹ちまきともいう。いつどこで食べても幼い日の香りがし、母の匂いが思い出される……中野さんがふと遠い目をした一瞬に生まれた句であろう。

また、ちまきは東北地方では「笹巻き」と呼ばれて月遅れの端午の節句につくられる。でも、田植えを終えた後のさなぶりという宴会などにもよく用いられているから、広い意味での行事食であり、ごちそう菓子であり、保存食でもあるという人気ものである。

笹巻きは現代でも手づくりする家庭が多い。材料は笹ともち米。殺菌効果のある熊笹などをくるりと巻いて容器にして、洗ったもち米を詰める。形をととのえて藺草で縛り、重曹を入れた熱湯でゆでてゆっくり冷ませばできあがり。

山にある青そのままに粽の葉　佐藤里秋

食べるときは、青々とした笹の葉をゆっくりとほどいていく。佐藤さんの句は、わくわくする心持ちと、笹の緑、香りをきれいにとらえている。粽＝笹巻きは一口に切って黒蜜ときな粉をまぶすのが一般的だが、納豆をつけたり、あらかじめもち米を醤油・砂糖・くるみなどで味つけしておく地域もある。

佐藤さんは山形県鶴岡市の方だが、どんな形の笹巻きだったのだろう。というのは、笹巻きの形は地域により家庭によりさまざまなのだ。山形県だけでも、三角形の三角巻き、正三角錐のげんこつ巻き、円錐形のたけのこ巻き、四角形のなた巻き、キャンディーのように包んだつの巻き、といった具合である。そして、どの形も子供たちの心に永遠に残るふるさととの思い出なのだ。

木灰を水に溶いた灰汁を用いて独特の風味をつけ、同時に保存性を高めたちまきもある。山形県の庄内地方や鹿児島で盛んで、鹿児島では竹皮を用い、「あくまき」と呼ぶ。もち米を灰汁につけてから竹皮で長四角に包み、灰汁入りの熱湯でゆでたもので、琥珀のような色味、固めのババロアのような力強い食感と弾力が持ち味。食べるときは黒糖入りのきな粉をつけるから、子供たちの大好きな味になるし、「あくまき」をつくったお母さんやおばあちゃんも子供の笑顔を見て、ますます幸福になれる。

懐かしい味は、いつでも家族の思い出につながっている。

笹巻きに包みしものは愛なりし　　千恵子

サイダー

ＮＨＫの連続テレビ小説『ひよっこ』は、東京オリンピック開催の昭和三十九年（一九六四）から物語が始まった。高度経済成長期直前の日常生活が舞台だから、セットには郷愁をそそる昭和レトロな品物が並び、ヒロインが就職した向島電機の女子寮は、昭和の女の子好みのカーテンや人形がかわいい。わたしの目が釘付けになったのは、中庭に設置されたサイダー自販機。あの頃すでに自販機があったとは。劇中では「ドミトリーサイダー」となっているが、これはＮＨＫ的仮名で、三ツ矢サイダーに違いない。

そこで、入社当時に三ツ矢サイダーに配属されていた元アサヒビール社員の友達に問い合わせたら、「サイダーの自販機はまさしくあの時代から」との声が返ってきた。当時は台数が少なく、普及したのは七十年代だそうだから、ドラマの会社は福利厚生の先端をいっていたわけだ。

サイダー瓶全山の青透き通る　　三好潤子

サイダーはりんご酒を意味する仏語の「シードル」が起こりで、英語で「サイダー」といえばりんご酒やりんご果汁を指す。日本ではペリー提督が黒船の船員の飲料を伝えたのが始まりらしく、それが発泡性だったため、以来、サイダーといえば炭酸水に香料、クエン酸、砂糖などを加えた清涼飲料水というイメージが固まった。

もっとも、風味は語源どおりにりんご味が本流で、英語の「レモネード」から転じたレモン風味の「ラムネ」とは区別されていた。だが、サイダーに変わり味が出現したため、現代はビー玉で栓をしたのがラムネで、他はサイダーとなった。大のサイダー好きで、そば屋で天ぷらそばとセットで注文していた宮沢賢治が知ったら驚くことだろう。

歳時記ではどちらも夏の季語で、炭酸水、レモン水、ソーダ水も同様。でも、似ているようでいて、容器の風情、グラスに注いだときの趣、味わい、すべてが異なる。その微妙なところをすくって詠むのがこの季語の妙味だろう。

サイダーや繁に泡立つ薄みどり　日野草城

日本初の国産品は明治初期、横浜の外人居留地で製造されたようだが、まもなく同じ横浜で日本人による日本人のためのりんごフレーバーのサイダーが発売され、それに続いて、現代に至るまで愛されている三ツ矢サイダーが誕生した。兵庫県平野（現・川西市平野）の天然炭酸水の鉱泉を用いて、明治十七年（一八八四）にデビューし、名称を変更しながらロングセラー商品になったのである。

サイダーの気泡消えゆく別れかな　　黒岩秀子

シュワシュワッと泡が弾け、爽やかな風味が喉をくすぐる快感は、三ツ矢サイダーで初めて知ったという人が多い。一方で、小規模生産のメーカーも各地に存在したようだ。その流れが近年再び活発化していて、特産食材で付加価値を付けた地サイダーがたくさん登場している。旅に出ればサイダーにぶつかるといってもよく、最近飲んだものだけでも、秩父のメープルサイダー、夏蜜柑果汁入り長州地サイダー、小豆島オリーブサイダーなどと多種多彩。素材の風味やその土地らしさがちょっぴりながら感じられるのがうれしいし、もともとシャンパン好きなので、泡の出るものにはついつい手が伸びてしまうのだ。

サイダー売一日海に背を向けて　　波止影夫

なかでも福井の木田ちそサイダーは冷蔵庫に常備するほどの大好物。木田ちそは福井市木田地区の伝統野菜で、赤紫色の葉がみごとに縮れたちりめんじそである。木田ちそは地元農家が種子を自家採取して伝えてきた伝統品種で、元来は梅干し用だったが、ミネラルやビタミンAに富むなどの栄養効果がわかり、梅干しだけではもったいないと、サイダーをつくり始めたのだ。朝摘みの葉を九頭竜川水系の地下水で湯がき、赤いアントシアニン色素や有効成分が溶け出してきたら、果糖とクエン酸を加え、炭酸を混ぜて瓶詰めすればできあがり。赤紫色の透け具合が美しい。

一口飲むとすっきり爽快で、そのあとには、身心の疲れをほぐしてくれる清冽な余韻がおとずれる。

サイダーや泡の向かうに幼き日　　下島正路

そして、残響に続いて、子供時代の思い出が広がる。もしかしたら、ノスタルジアを味わいたくて、人はサイダーを飲むのではないだろうか。下島さんの句には、そんなリリカルな気持ちがあふれている。さあて、今日はもう一本開けましょうか。

サイダーや郷愁てふ泡喉ゆらす　　千恵子

秋

生姜

江戸、明治から続く伝統野菜を紹介する江戸東京野菜カレンダーには、当然、谷中生姜が大きく載っている。そして、例年九月は生姜関係の行事が東京で三件もある。第一金・土曜の八王子市と八〜九日のあきる野市の生姜祭り、そして十一〜二十一日までの港区芝の生姜市だ。それくらいに江戸っ子は生姜に格別の思いをもっている。

天ぷらの揚げの終りの新生姜　草間時彦

これらの市に並ぶのは谷中生姜。現在の台東区谷中発祥で、水に恵まれ、排水がよく、生姜栽培にぴったりで名産地となり、ついでに生姜の名前にもなった。旧盆からが旬で、きりっとした香りと辛味は暑さに負け気味の食欲の増進にいいと、江戸っ子に大喝采されたのである。現代、市が九月に集中するのは当時の暦に日取りを合わせているからだ。

だらだらとだらだらまつり秋淋し　久保田万太郎

芝の生姜市は十日間という長期間であることから、「だらだら祭」と呼ばれ、秋の季語にまでなっている。万太郎に象徴される昭和の江戸っ子にとっては、初秋を告げる粋な風物詩だったのだ。

芝の生姜市は正確には芝神明祭と呼ばれ、東京芝大神宮参道で開かれる。緑の葉付き生姜が三、四本ずつ括られて並んでいるのは爽快な風情で、見る側の気持ちもしゃっきりしてくる。

なお、芝大神宮で授与される名物は、かわいい千木筥。楕円形をした檜の曲げ物に、生姜ならぬ藤の花が描かれていく、千木が千着に通じるので、女性は着物に不自由しなくなるそうだ。昔読んだ時代小説で、浮世絵美人がこの千木筥をだらだら祭の土産にするあでやかな場面があったのを思い出した。今も販売されているとは、うれしいことだ。

貧しさや葉生姜多き夜の市　　正岡子規

もっとも、葉生姜や生姜市に心が浮き立つのは江戸っ子だけのようで、子規の句からは、生姜を通してリアルに人の暮らしを見つめる視点を感じる。

生姜は熱帯アジア原産で、独特の風味は辛味のジンゲロール（乾燥するとショウガオール）と種々の芳香成分から生まれる。日本へは中国経由で伝わり、解毒、消化促進に効く漢方薬となり、いっぽうでは料理の薬味になった。

各種ある生姜のなかで、葉付きの若採りの代表が前述の谷中生姜。はじかみという愛称で親しまれ、冷酒やビールには、味噌をつけてのひとかじりが欠かせない。

また、名古屋市北郊の愛知県稲沢市には金時生姜という在来種があり、文字通り茎の付け根から塊茎部がみごとな紅色をしている。普通の生姜は酢漬けにして初めてピンクになるが、この金時生姜は天然色のうえ、繊維がやわらかく辛味が清冽だから、ついぽりぽりと何本も食べてしまう。

新生姜うらはづかしく洗はるる　邊見京子

山陰にも逸品がある。出雲大社の東、島根県斐川町出西の出西《しゅっさい》生姜。今は二軒の農家が育てているだけだ。ここは宍道湖に注ぎ込む斐伊川下流域で、氾濫を繰り返してきたせいで、畑が肥沃な砂壌質である。その効果なのか、クリームイエロー色の根が美しく、辛いは辛いが清々しいので、辛味系フルーツのようにも思える。

出西生姜は、葉生姜で味わうほか、親指大の根を酢漬けにしていわゆるガリにしても出色の味。斐伊川を挟んで出西の対岸にある平田町の料理屋「いく間」はこれが名物で、薄切りではなく根を塊のまま供する。丸ごとかじるのだ。唖然としていたら、店主いわく「ガリガリやるから生姜の酢漬けをガリと呼ぶんです」。なるほど、これはこれでおもしろ楽しい説である。

新生姜かじりて夜を深くせり　　吉本紀代

いままでの生姜は塊茎が小粒なタイプだが、現代は大型の近江生姜がいちばんよく売れている。生産量は高知県がずば抜けて多く、秋に収穫し、横穴を掘った土室で貯蔵しながら一年中出荷している。

そういえば、歳時記では新生姜、葉生姜、生姜畑は秋の季語だが、生姜掘る、生姜味噌、生姜湯は冬の季語になる。四季それぞれに生姜が身近だからだろう。

ともあれ、生姜から季節の移ろいを感じる日本人は、この香味野菜をすっかり暮らしに溶け込ませている。そんな感性が吉本さんの句からほの見える。

新生姜ひと噛みふた噛み憂さ飛ばす　　千恵子

玉蜀黍・唐黍

今季の食べ納めと思い、玉蜀黍を買ってきた。露地ものは六月から出回るが、産地はどんどん北上し、九月になると、ほぼ北海道産だけとなる。歳時記では玉蜀黍は秋の項に分類されるが、現代では、秋の玉蜀黍は旬ではなく名残の味といえようか。

唐 黍 を 噛 む 白 日 に 歯 音 立 て　　大野林火

ともあれ、この稿を書き終えたら、即、玉蜀黍を茹でよう。産地では「鍋に湯を沸かしてから畑へ行け」と言うぐらいで、玉蜀黍は鮮度が命。収穫しても植物としての呼吸は続いているから、糖分が消耗されて味落ちする。ただし、収穫後ただちに冷やせば甘味を保てるうえ、ビタミンB群、ミネラルなども減らないため、今はチルド輸送が普及している。だから、買ったら急いで熱を通すのが鉄則なのである。

一方で、最近は生食を謳うものがある。でんぷんの粒子が細かく、糖度の高い新品種で、生のままでおいしいので、手間いらずだ。でも、わたしは加熱派。茹で過ぎは禁物だから、鍋の前に立つときは電話が鳴っても出ない。大地の匂いを凝縮したような香ばしさが立ち昇ってきて、粒の黄色が一段と濃くなったら火を止める。

もろこしにかくれ了せし隣かな　　高浜虚子

メキシコ料理に付きものの薄焼きパンのトルティーヤや、これに具をのせたタコスは玉蜀黍の粉でつくる。これぞ玉蜀黍使用の元祖料理ではないか。玉蜀黍は新大陸で紀元前から栽培されてきたイネ科植物の一年草なのである。ちなみに、英語圏ではもともとは穀物を意味するコーンが玉蜀黍の呼称に変わっているのに、イギリスだけは今もって穀物はコーン、玉蜀黍はメイズと呼び分ける。グレートブリテン気質の頑固ぶりがなんだか楽しいではないか。

玉蜀黍はコロンブスが旧大陸へ伝え（それ以前から存在したという説も）、大航海時代に世界中へ広まり、日本へは十六世紀末に伝わった。トウモロコシという和名は、中国を意味する「唐」と、「唐土（もろこし）」のダブル表現。また、中国の四川省を意味する「蜀」と穀物の「黍」の上に、実の粒々を示す「玉」の字をのせた表記には拍手喝采だ。なお、別称の唐黍、南蛮黍、高麗黍も大陸渡来を強調している。

こんな表現が種々ある一方で、青森では「きみ」という「黍」が訛ったやわらかな呼称が根付いている。玉蜀黍の底力であろうか、やさしい甘さを愛されているのである。

鯉ほどの唐黍をもぎ故郷なり　成田千空

玉蜀黍には、実は多彩な用途がある。でんぷん（コーンスターチ）や油（コーン油）がとれるし、石油の代替燃料・バイオエタノールの原料にもなる。交配しやすい作物なので、馬歯種（デントコーン）、硬粒種（フリントコーン）、爆粒種（ポップコーン）など種類豊富だが、大半が加工や飼料用。日本で主に食用にされているのは、野菜として改良された甘粒種（スイートコーン）である。

唐黍を干していよいよ古庇　石田波郷

甘粒種は明治から栽培が始まり、生産量は北海道が群を抜いているが、日照時間が長くて昼夜の温度差が大きい土地ならどこでも甘い玉蜀黍ができる。北海道・新十津川町、奥飛騨・神岡町、山梨・明野町と、わたしが訪ねた産地ではどこも頭が隠れてしまうほどの丈に育っていて、出口に迷うほど。玉蜀黍畑はそのままラビリンス（迷宮）だった。

玉蜀黍は雌雄同株、てっぺんに伸びるのが雄の穂で、茎から斜めに生えるのが雌穂。二者は開花時期がずれるため、違う株と受粉し、五十日ほどで実が完熟する。玉蜀黍に付きものの黒い髭は枯れた雌蕊で、本数は粒の数と同じだから、もしゃもしゃなほど実入りがいいと、農家に聞いた。

焼きもろこし露店のはるかより匂ふ　　倉橋　廣

倉橋さんの句から札幌・大通公園名物の焼き唐黍（北海道では唐黍の呼称が一般的）売りの光景が見えてきた。自宅ではもっぱら茹で玉蜀黍派のわたしだが、旅先では焼いたのが好物。とくに産地の道路沿いの露店の味は、朝もぎの新鮮さと空気のよさが相俟って、食べないと後悔必定である。

この夏は、北信濃の一茶記念館を訪ねたときに、戸隠へ通じる街道で頬ばった。じっと見ているうちに、仕上げに醤油を刷毛塗りしてくるりと反転し、醤油を焦がすのが香ばしさの秘訣とわかった。来年もどこかでこのシーンを見たいものだ。

唐黍の実の入り確かむ昼餉どき　　千恵子

山の芋

丹波篠山は神戸、京都、大阪のどこからも日帰り圏内の城下町であり、農作物の最高級ブランドとして名高い「丹波もの」の産地でもある。盆地特有の朝晩の大きな温度差、明け方にわく霧、粘土質の土壌、清らかな水が作物の成長に好都合なのだ。また、篠山街道にあるため人々の往来が多く、食文化も磨かれた。その好例が、猪のロース肉を牡丹の花のように盛り付け、味噌味で供する牡丹鍋だろう。
そんな風土から生まれた「丹波もの」の傑作が、黒豆、栗、大納言小豆だが、実はもう一つ、地味だが滋味なお宝食材がある。げんこつ大の「丹波芋」だ。篠山盆地が一面の朝霧に覆われる秋に収穫することから「霧芋」という異名が付いているのも丹波らしい。

狐ききをり自然薯掘のひとり言　　森　澄雄

ここで山の芋のおさらいをしておくと、歳時記の秋の項には自然薯、仏掌薯、長薯が並び、自然薯は自然生、山の芋、自然薯掘る等、仏掌薯にはつく芋、こぶし芋と、それぞれ類語が載っている。だが、これだけでは植物通以外はちんぷんかんぷん。そこで、わたしなりに、道の駅、直売所、八百屋で売られている天然イメージ（実際は栽培品であっても）の山の芋を整理してみた。入手しやすいものから挙げると、形状から・げんこつ大の球形、・銀杏の葉の形、・棒状の三種に分けられる。

球は前述の「丹波芋」のほか、三重や奈良の「伊勢芋」、石川の「加賀丸芋」が代表。皮は濃淡はあるが茶褐色で、いずれも小さな鱗紋が付いていて、石かと思うほどに硬い。そして、おろし金から剝がれないくらい粘りに粘る。この粘着力あればこそ、上新粉少々を加えて蒸すだけでも膨らみ、饅頭の皮となるのだ。つまり、高級和菓子・薯蕷饅頭の材料は、この芋なのである。

自然薯を掘り当ててなほさまよへる　　青柳志解樹

イチョウ芋と呼ばれるものは、銀杏の葉というより人の手の形に似ていて、大和芋の異名もある。成田空港近くの千葉県多古町産が良質で、葛の代用にする菓子屋もある。比較的アクが少なく、やわらかくてすりおろしやすいので、栽培種の長芋が普及する以前は、山の芋料理となればもっぱらこれだった。

調理法としては、出汁や味噌汁でのばすとろろ汁が定番だが、磯辺揚げもおつ。卵黄を落とし、わさびを添えて、そば屋の「わさび芋」を気取るのも楽しい。さらに短冊切りのポン酢和え、サラダもおすすめだ。もちろん、お好み焼きのふわとろ感を出すためには絶対に欠かせない。

国東や錫杖めきし山の芋　　和田順子

いよいよ棒状の番。このひょろ長の芋こそ山の芋の極めつきで、和田先生の句は錫杖の譬えがお見事。大分・国東半島は寺院が多く、山門で自然薯を売っていたりする。また軽トラに土付き自然薯が積まれている光景も見かけた。

自然薯といえば東海道・丸子宿のとろろ汁に触れないわけにはいかない。自然薯は漢方の生薬で使われるように、ミネラル、ビタミンが豊富であり、消化酵素や滋養強壮成分も含むから、麦飯にとろろ汁は旅人にうってつけの献立。〈梅若菜丸子の宿のとろろ汁〉と芭蕉が詠み、十返舎一九が『東海道中膝栗毛』に書いた宣伝効果は今も続き、件の店はますます盛業中である。

静岡県民はなべて自然薯好きで、自然薯掘りの話題で盛り上がる場面に度々遭遇した。

山間部の直売所の自然薯は長さ一メートル近いものもあり、副木が当てられている。折らずに掘るのが大仕事なのは一目瞭然だが、挑戦するだけの妙味があるのだろう。

自然薯と地方新聞届きけり　　安居院敏子

自然薯は和菓子にも使われる。たとえば薩摩銘菓・軽羹。白くてふんわりした棹型の菓子で、自然薯の膨張力が味の決め手。かつては婚礼などハレの日に、それも武家しか口にできない菓子だった。その由来がおもしろい。幕末の薩摩藩主・島津斉彬が江戸から腕ききの菓子職人を連れ帰って名物菓子の開発を命じ、薩摩の自然薯、奄美・琉球の砂糖、水車製粉による米粉で軽羹を編み出したのだ。

元祖の「明石屋菓子店」では、旧薩摩藩領で採れる自然薯だけを用い、「ミネラル分を含むシラス台地の自然薯でないとこれだけの弾力は出ません」と自信満々。それにしても、昨今の天変地異と異常気象に真摯に向き合い、自然環境を守っていかないと、天然の山の芋は遠のいていくばかりである。まずは里山を守ろう。

猪垣に嚙み跡のこる山の芋　　千恵子

じゃが芋

朝食はさっぱりした和食に限るという方でもじゃが芋は例外らしい。茹でたてにバターをのせて頬ばるほっこり感は、無上の幸福だという。心地よい食感に加えて、癖のない食味と保存がきく点でも、じゃが芋は台所の万能選手。コロッケ、肉じゃが、カレーライス等々、日本人の大好物はこれなくして生まれない。

日本中で栽培されているのが愛されている証だし、中山間地では、都会ではとうてい見かけない小粒じゃが芋が常食されている。

たとえば、杉山に囲まれた福井県足羽郡美山町（現・福井市）。昼とて人の気配のないこの山村では、ピンポン玉サイズのじゃが芋の煮物を「ちんころ煮」と呼んで喜ぶ。八十歳をとうに越えた女性から自慢の味を振る舞われたときは、いくらでも箸がのびて、鉢いっぱいをたいらげてしまったくらいだ。出荷できない小粒芋を有効活用する料理術はどこの地域にもあるのだ。

長寿の里として知られた山梨県上野原市の棡原《ゆずりはら》には、じゃが芋救荒食伝説を具現化した名物がある。「せいだのたまじ」といい、小粒じゃが芋を味噌味で煮含めたもの。江戸時代、飢饉にそなえて栽培を奨励した代官・清太夫と、小粒じゃがいもの方言・たまじに由来する呼称で、噛みしめるとじわじわと土の味が口中に広がってくる。郷土料理の原点のような素朴な味がなにか懐かしい。

馬鈴薯の顔で馬鈴薯掘り進む　　永田耕衣

歳時記では、もっぱら馬鈴薯として秋の項に登場し、じゃが芋は類語として紹介されているだけだ。語感がリリカルで響きの美しい馬鈴薯という言葉は、もうそれだけで一編のポエムなのだろう。なお馬鈴薯の花、新馬鈴薯、新じゃがは夏の季語となる。

じゃが芋は南米原産、インカ文明を支えた食材。コロンブスが新大陸から伝え、食卓に不可欠な存在になった。イギリスのフィッシュアンドチップス、アメリカのフライドポテトはどちらも国民食といっていい。日本へは江戸幕府開府の十七世紀初頭に、ジャガタラ（現ジャカルタ）経由でオランダ船が長崎・出島にもたらした。つまり、ジャガタラ芋と呼ばれていたのが、いつのまにか省略されたのだ。栽培も長崎から始まった。現代、九州各地で栽培されている新じゃが専用品種が「でじま」なのは、この名残だろう。

さて、明治になると北海道が大産地になる。なぜなら、じゃが芋のほっこりしたおいしさは、加熱によって澱粉が膨らみ、細胞壁を破ることから生まれるからだ。つまり、澱粉が多い芋ほどおいしい。低温でゆっくり肥え太った道産子芋の澱粉は高品質なので、片栗粉の代用とされるほか、粘性を生かしてたれ、ソースなどにも用いられる。

馬鈴薯のゐくぼ大きは男爵か　千葉　仁

北海道に根付いた二大品種は丸っこい男爵と俵形のメークインで、ほくほく、ねっとりと食感の違いはあれど、どちらも良品は包丁にしっとり吸い着いてくる。澱粉をしっかり貯えているからこその感触なのだ。

五升薯といひて珍重蝦夷に住む　高浜年尾

北の大地ではさまざまな品種が試された。五升薯とは、収穫量の多い芋を喜ぶ意味合いの通称だろう。開拓農民の厳しい生活がうかがえる句である。

近年は、新たなじゃが芋が次々に登場している。薔薇色の肌をしたレッドムーン。果肉が黄色いキタアカリ。北海道ではポテトチップス用のトヨシロも栽培されている。六十へクタール規模の広大な畑が多く、ポテトハーベスターという大型ダンプカーほどもある農機をトラクターでダダダッと牽引して収穫する。掘り上げられた芋が自動的に転がり出てくる仕組みだ。

高平さんの句は、わたしがかつて南富良野で大振動しているハーベスターの上から見たとおりの光景をヴィヴィッドに詠みあげたものだ。

馬鈴薯の躍り出でたる北の空　　高平嘉幸

一方で、熟成芋への関心が高まっている。収穫後一カ月ほど乾燥させてから出荷するところを、翌年三月まで低温貯蔵して越冬させるもので、糖度と食味がぐんと高まるのが特徴。そのポテトでつくるバターソテーやグラタン・ドーフィノワ（薄切りポテトに牛乳をひたひたに注ぎ、オーブンで焼く）のほっこりねっとりの深い味といったら、フランスアルプスの農家でごちそうになった料理にひけをとらない。唯一、春まで待たねばならないのが玉にキズだ。

じゃが芋の小粒を愛でし杣の村　　千恵子

椎茸

一年中店先に並んでいるので季節感は薄れたが、それでも秋になると旬到来と飛び上がりたくなるのがきのこである。歳時記の秋の項にはきのこ各種が揃い、当然、椎茸も載っている。きのこに季感がなくなったのは菌床栽培が普及したためである。栄養液入りのおが屑に菌を付けて置いておくと、季節を問わずほぼ三カ月後には収穫でき、見た目もそれなりになる。しめじ、えのき、舞茸、エリンギの菌床栽培は時代の流れとして仕方ないけれど、ほだ木で育てる原木栽培という技術が確立している椎茸まで同じように育てられるのは、やはりくやしい。

最近は高級青果店の椎茸まで菌床もの中心で、試してみると、あんのじょう見かけ倒し。香りも食感も残念なレベルで、ベランダでひと干ししたら、さらにがっかりする結果になった。椎茸の持ち味である頼もしい食感がなく、ふにゃふにゃ。煮染めにも五目寿司にもとうてい使う気になれない。ねっとりしたたかな歯応えで、噛むほどに森のエキスがしたたる味わいは、原木栽培の椎茸だけのものだ。

椎茸を売る店ばかり日が沈む

川崎展宏

井上靖の小説『しろばんば』には大正時代の伊豆天城の椎茸栽培の様子が描かれているが、ここでの仕事は二百七十年ほど前から始まっている。そのせいで、修善寺温泉の宿の朝食では、香ばしい椎茸の網焼きが定番だ。また、町には干し椎茸を茶箱に詰めたレトロな専門店があるし、かご入りの生椎茸も土産物屋で売っている。わたしは川崎さんの句から修善寺の町の夕暮れを思い出した。

さて、昭和時代に原木栽培は飛躍的に発達する。培養した種菌を、切り揃えたクヌギやコナラのほだ木に打ち込む「駒打ち」という技法が開発されたのだ。これなら確実に椎茸が出てくる。あとはほだ木を森の木陰に立て掛け、自然発生をじっくり待つのである。

というと、のんびりした仕事に思えるが、労働はきびしい。椎茸は特用林産物に分類されているように、栽培はれっきとした林業であり、木を伐採し、原木用サイズにチェーンソーをかけることから始まる。そして、電気ドリルで木に穴をあけて種菌を打ち込み、木陰に立てておけば、菌糸が成熟し、二年目の秋になると椎茸が顔を出す。森閑とした山あいにほだ木が何列も何列も整列しているのは壮観で、なんだか五百羅漢のようにも思える。

椎茸の子を青竹がかばひをり　　田中鬼骨

ほだ木を突き破って椎茸が出てくるときは、小さいうちはむかごのような球体で、だんだんきのこらしく形がととのう。雨が上がった後はぴょこぴょこ出るし、乾燥した日が続くと、ご機嫌斜めになってまったく現れてくれない。それだけに、原木からちょこんと顔を出した表情は愛おしい。頭をなでてやりたくなる。田中さんの句はそんな情景を切り取っている。森の奥では、ほだ木も椎茸の子供も暗く沈んで見えるが、そこに青竹を配した色彩感覚が美しい。

こうして誕生した椎茸は、ていねいにもぎとると、山の深遠な香りがし、もっと鼻を近づけて吸い込みたくなる。

椎茸に加ふる塩と山の風　　横内節子

原木椎茸を愛し、労をいとわず励む生産者が、ありがたいことに、各地で元気にがんばっている。伊豆天城の飯田健次さん。上州下仁田の松浦保さん。豊後別府の田中信行さん。この三人はいずれも「椎茸師」と呼びたい職人気質の持ち主で、それぞれの風土のもとで精一杯、おいしい椎茸を目指している。

生椎茸もいいけれど、原木栽培のものは干し椎茸にするとさらに味が光り輝く。乾燥させていくうちに、水分の減少に比例して酵素が活発に作用して香り成分が醸成され、同時にうま味成分のグアニル酸が増えるのである。そのうえ、中国料理の鮑の煮込みそっくりのなまめかしく、したたかな口あたりが生まれる。中国では乾貨と呼ぶ高級乾物で、生よりも干し椎茸を重んじているくらいだ。

わたしは煮染めが好物だが、簡単中華もいいものだ。干し椎茸を戻し汁ごと鶏手羽先、にんにくと一緒にことこと煮込み、ごま油、塩、こしょうで味付けすれば、コラーゲンたっぷりのおいしいスープができあがる。

干し椎茸には、肉厚でころんと丸い冬茹、大型どんこの香茹、傘が開いて平たい形の香信がある。とりわけ、表面が亀甲文様のようにひび割れしている冬茹ときたら、まるで工芸品のように美しい。たとえどんな食材であろうとも、その道一筋の〝食の職人〟が手がけたものは、できあがりの形が美しく、ひと味おいしさがまさるのである。

冬晴れや冬茹しひたけの皺深し　千恵子

鮭

鮭を料理しながら、北見さとる先生を思い出し、ご冥福を祈った。「繪硝子」に入門したときに手ほどきしてくださった恩師なのだ。所属の広尾句会は、句会後に街に出て食事するのが習いで、先生は元管理栄養士だけに食べものの話で座が弾んだ。鮭のムニエルや石狩鍋を一緒にいただいたこともあったが、戦死されたご主人が佐渡出身なので、塩鮭のお話を聞いた記憶がある。佐渡は北前船の寄港地だから、北海道の新巻き鮭が昔から身近だったのだ。

風　三　日　銀　一　身　の　鮭　届　く　　　成田千空

秋味の異名をもつ鮭は、生まれてすぐ海へ降り、北太平洋をアラスカ湾まで行って、約四年後に産卵のために故郷の川にもどる。回帰率は北海道で五パーセント前後、本州はもっと少ないが、それでも大旅行の果てに漁網をくぐって帰還するのだから感嘆してしまう。そんな鮭を食べてパワーのお裾分けにあずかりたいが、養殖鮭や輸入鮭が氾濫していて、店頭で日本の鮭を見分けるにはひと苦労する。それで、「鮭茶漬け」で名高い新潟・加島屋の門を叩いたこともある。新潟では年越しのごちそうは鮭が主役だし、鮭文化が食卓に根付いているのだ。

遡る鮭一尾と見れば一尾蹤く　　松崎鉄之介

加島長作社長から教わったのは、日本を代表する鮭は白鮭ということ。昔は単に鮭で通ったが、紅鮭、銀鮭、キングサーモンなど外国種が流通する時代になってからは、混同をさけるため日本種を白鮭と呼ぶようになったのだ。

ただし、獲れる場所や成熟度によって別の呼称もある。体に銀色をとどめているギン。産卵間近で赤い婚姻色になったブナ。また、晩秋だけ獲れるメヂカはギンよりもっと若い鮭であり、さらに幼いが味がめっぽうよくて幻の鮭と言われるのがケイジ。春から初夏に季節外れの美味を発揮するトキシラズもある。

鮭のぼり来る撲たれても撲たれても　　遠山昭爾

俳句では鮭、初鮭などのほか、鮭来る、鮭上る、鮭番屋、鮭颪が秋の季語。棒で叩いて捕らえる鮭打ちも歳時記にあり、福島県浪江の漁が有名だったが、迫力がありすぎるからと訪問をためらううちに、あの津波が来てしまった。

鮭が遡上する南限は、太平洋側は千葉の銚子周辺、日本海側では島根の江津あたりとされる。そのうちでわたしが忘れられない鮭漁は二カ所。オホーツク海に臨む北海道・雄武町と新潟の村上市だ。

雄武は北見山地から流れだす幌内川の河口の町で、鮭はアイヌがカムイチェプ（神様の魚）と敬った重要資源。現代は定置網漁が盛んで、星が瞬く時刻に出航し、沖合三キロに仕掛けた網を引き揚げる。繰り返すこと数回、八時頃に帰港すると、今度は岸壁に据えたでっかい作業台に鮭をどどっとあけて選別し、メスからは卵巣を取り出す。

これを塩漬けにすると筋子になり、網の上で塊をこすって粒をほぐしてから塩で漬けたのがイクラ。魚自体はメスもオスも塩鮭にする。塩をどっさり振って漬けた山漬け（新巻き）が特産だったが、現代は塩をまぶしたら即、箱詰めして冷凍する箱漬けが主流だ。わたしはもちろん伝統タイプが好みで、切り身を焼いてそのまま白飯にがばっと載せただけのシンプルな鮭弁当をときたまつくる。鮭の塩気とうま味がじんわり染みたご飯がたまらない。

川上る鮭に鋭き眼の力

村上徳男

新潟北部、村上の三面川の鮭は平安時代には朝廷へ献上していて、江戸時代になると世界で初めて稚魚の放流を始めた。居繰り漁という二艘引きで行なう伝統的な漁法があり、人々が群らがって川岸から漁を見守る。村上の人は、鮭には熱いのだ。それだけに、遡上して三面川の水を一口飲んだ鮭でなければ村上の鮭とは認めない。

また、鮭料理の代表格の塩引き鮭は、内臓を取り出す際に腹を一気に裂かず、皮を一部つないだまま残すのが決まり。城下町ゆえ切腹を連想させる切り方を忌んだのだ。

村上徳男さんの句は、そんな村上の鮭のありようを捉えている。〈秋あぢの婚姻色や祝ひ膳〉〈鮭番屋川面泡立ち祝ひ酒〉からも、鮭に沸く町の様子がくっきり伝わってくる。

塩引きした鮭は尾に縄をからげ、寒風に当ててじっくり干す。そして、一年以上干したものは薄切りにし、酒にひたしてやわらげてから味わう。その名も、鮭の酒びたし。熟成が醸しだす深い味は日本酒を誘うが、村上は銘酒の里でもあるから、まったく困らない。

鮭来る鮭も漁師も古武士顔　千恵子

無花果

フルーツのなかでも手放しで大好きなのは無花果。干し無花果、フィグログ、甘露煮、無花果酢など加工品もストックしている。生で食べるのとはまた別の趣があるからだ。このアラビア原産のクワ科イチジク属落葉高木の果実が、六千年前以上から愛されてきた理由の一つである。

無花果は古くから不老長寿の果実として愛され、実際、高血圧や動脈硬化予防になるカリウムや、胃の消化機能を促進する成分、さらに食物繊維やポリフェノールなども豊富。旧約聖書でエデンの園を追放されたアダムとイブが無花果の葉で裸を隠したのは、サイズが頃合いだっただけでなく、無花果そのものが貴重な植物だったゆえだろう。

英名はフィグで、海外にはドライフィグの加工品が多い。フィグログもその一つ。くるみや蜂蜜、香辛料を練り混ぜて掌大のログ（薪）形にしたもので、薄切りをつまむと、ハーレムでくつろぐ王侯の気分になれる。もっと簡単には、ドライフィグをそのまま洋酒のおつまみにする手もある。殿方はお試しあれ。

いちじくのけふの実二つたべにけり　　日野草城

今、わたしの手元にある干し無花果はトルコ産オーガニック製品と、出雲・多伎町産の蓬萊柿種の二種。江戸時代に中国経由で伝来し、南蛮柿、唐柿とも呼ばれた国産品と海外品種とでは、だいぶテイストが違う。ざっくり言えば、乾燥保存が一般的だった外国種は小粒で実が締まっているし、果物としてのジューシイ感を追求した和種は甘くて大粒。それだけに、上手に干すと飴にも似たこっくりした風味が生まれる。その典型が多伎町を本場とする蓬萊柿種なのだ。地元ではジャムやコンポートまでつくっているから、ひとひねりした出雲土産にいいだろう。

いちじくに母の拇指たやすく没す　　桂　信子
無花果の熟れて青さを忘れけり　　大橋スミ

果物として生食する場合は秋が旬。歳時記のとおりだ。露地物の収穫は八月から十月にかけてで、品種としては「桝井ドーフィン」が約八割を占める。愛知、和歌山、奈良、関東では埼玉が大産地である。

完熟した無花果は尻の部分が裂け、皮は濃い小豆色となり、切り口からは白い乳のような液が流れ出す。そうなったくらいが食べ頃で、遅くなると熟れすぎてじゅくじゅくになるが、これもなかなか甘美でいいものだ。日野さん、桂さん、そして大橋さんの句は、いずれも熟し加減をはかる楽しみを巧みにとらえている。

さて、無花果の熟した実をそっと割ると、濃いピンクの粒々がぎっしり詰まっている。無花果の花なのだ。「花の無い果物」と表記するのは、内側に粒状の花を持っている事実をあえて強調しようとした先人の工夫かもしれない。

この花には不思議な事実がある。原産地に近い地域の野生種の無花果は、この花に潜り込むイチジクコバチという昆虫が媒介して受粉するそうだ。ただし、日本の無花果は受粉なしでも実る「単為結果」という性質だから、実のなかに虫がいる心配はない。

ともあれ、この実の内部の粒々、いえ、花の存在のおかげで心地よい食感が生まれ、白和え、揚げ出しなどにも活躍するわけで、ありがたい限りだ。とりわけ一個丸ごとを天ぷらにして、青柚子を浮かせた天つゆにつけて頰ばるのは初秋の醍醐味である。

国産の新顔は福岡県で登録された「とよみつひめ」。金色がかった桃色の皮とエキゾチックで濃い甘味が特徴で、福岡県南部の直売所ではこればかりが並んでいた。また、小型で黒い皮のフランス原産の「ビオレ・ソリエス」種が近年、佐渡などで栽培されている。果肉が引き締まり、コケティッシュな風味で、一度食べるとあとを引く。

日本でも小粒で実が固い無花果を活用する。新潟や東北では、まだ実が青いうちにもいで甘露煮にするのだ。無花果は日陰でも育つからと、裏庭などに植えておき、実がつくと保存食にしたのだ。貴重な甘味だったのである。今や無花果甘露煮の瓶詰めは堂々たる新潟名物だし、東北の市場では甘露煮用の小粒の無花果を大きな袋に詰めて並べていた。大切な暮らしの知恵だから、これはこれで食文化として大切に伝えていきたい。

少年が跳ねては減らす無花果よ　　高柳重信

高柳さんの句からは、必死におやつをとろうとしている少年が目に浮かぶ。わが家の近所では、無花果の大木が塀の上からはみ出していて、小粒の実をたくさん付けているのだが、誰も見向きしない。その前を通るたびに手を伸ばしてジャンプしたくなるのは、どうやらわたしだけらしい。

無花果の滴り母の乳に似し　　千恵子

西瓜

瓜という漢字はおもしろい。上にどんな文字を付けても、なるほどと思わせてくれる。姿をあらわす糸瓜、冬まで長もちする冬瓜。胡瓜、南瓜、西瓜など原産地名が付くものもある。おおざっぱながらも地理的表示を守っているわけだ。桃太郎トマトなどイメージ優先の名称に比べて、歴史や伝播がわかりやすく、文学的含蓄にも富んでいる。

西瓜は、西域からシルクロード経由で中国へ伝わったため中国語では西瓜となり、日本でもその呼称が定着した。原産地はアフリカで、水の代わりにされていた。果肉の九割以上が水分だからである。中近東、中央アジア、地中海地方、アメリカへ広まるにつれ、果物として扱われるようになったが、水のイメージはずっとつきまとい、英語ではウォーターメロン、仏語ではメロンドオー、独語ではヴァッサーメロンと、すべて水が付く。

そういえば、西瓜は外国旅行の思い出にいつも登場する。たとえば、北京の夜店で路上に山積みされた西瓜を見つけ、西域から運んできたという売り子の説明に夢がふくらんで、お腹をこわすのを心配しいしい立ち食いしたこと。

ニューヨークのハーレムでの西瓜体験も忘れられない。黒人の西瓜売りから長球形の大きな西瓜を求めたのだが、なんとも水っぽく薄甘くてべちゃっとしていて、日本の西瓜がどれほど優れものか思い知らされた。アフリカでは飲料水代わりだったのだから無理もないのだけど。

西瓜赤き三角童女の胸隠る　野澤節子

さて、西瓜が日本へ入ったのは戦国時代末期の十六世紀で、南蛮渡来とも琉球経由で薩摩へ伝来したともいう。千利休が西瓜を食した記録があるから、もしかして信長や秀吉も賞味したのかもしれない。

やがて西瓜は江戸へ伝わるが、関東で普及したのは明治以降のこと。黒い縞が派手な大玉のアメリカ種などが導入され、利尿効果があってむくみを取り、腎臓病に効くことが知られたかららしい。果肉を煮詰めた西瓜糖も誕生した（神田の果物店・万惣の名物だったが惜しくも閉店し、現在は西瓜産地で生産しているところがある）。身体にいいと聞いてすぐに飛びつく気質は昔も今も変わらない。

健康効果といえば、近年は抗酸化作用の高いリコピンやシトルリンの効用も謳われている。また、漢方を見直す気運によって、西瓜の皮や種子の成分が注目され、皮はピクルスやスープの実に活用するといいといわれる。たしかに赤い果肉の付いた浅緑色の皮はなかなか美しいもので、しゃきしゃきした食感もわるくない。かつての倹約料理がおしゃれな薬膳に変身したというわけだ。

なお、炒って塩味を付けた種は中国人の大好物で、歯で割って中身の仁だけを器用に食べ、種皮はぷっぷっと吹いて飛ばす。果肉に潜んでいる種ですら、いちいちスプーンで除くわたしたちには真似できない芸当である。

合宿所しんかんとして西瓜冷ゆ　　北澤瑞史

西瓜はお国自慢の果物で、熊本や奈良などの伝統的な産地はもちろん、真夏の各地で美味に出会える。でっかいラグビーボール形の富山県入善町の黒部西瓜は圧巻だし、大玉種で忘れがたいのは信州松本の波田、南魚沼の八色、山形尾花沢や大石田、秋田雄物川などの地域でも農家の直売テントの下でごろごろ買い手を待っていた。

そのとき教わったのは、波田では「西瓜はでかいほうが甘い」、雄物川では「縦四等分してから放射状に切り分けると、甘い部分が均等になる」ということ。ぎんぎらに照りつける浜の上で、棒で叩き割る西瓜割りは、賞味法からいうと論外である。
西瓜は俳句では意外にも秋の季語。おそらく、早生種がなかった時代には立秋を過ぎてから旬を迎えたのだろう。その証拠に、西瓜の花は夏の季語である。

縁側に素足見せ合ひ西瓜食ぶ　　小林邦子

西瓜は冷えたのを早く早くという食い気が先に立ち、よく考えないまま包丁を入れてしまう。雄物川で産地ならではの切りかたを教わってきたものの、いつのまにか当たり前の三角切りに戻ってしまったし、荷物が多いときなどは一口大にカットされたパック詰め西瓜を買うこともある。それでも西瓜に執心するのは、しゃりしゃりした食感と、じゅわっと喉に落ちてくる甘い果汁が好きだからだ。
そうそう、母は、わたし以上に西瓜好きで、たとえ親子喧嘩の直後でも、西瓜さえ見せればたちまち機嫌が直る。つまり、西瓜はわが家の潤滑剤なので、食べても余るくらいに買うのが常である。

朝焼けの稜線しやりしやり西瓜食ぶ　　千恵子

ぶどう

小粒のフルーツは種々あるけれど、房から一粒ずつもいで頬ばる楽しさは、ぶどうだけのものである。ある意味では、原始の人間に、さらに遡れば猿にもどったような遠くて懐かしい充実感をもたらす果物なのだ。

実際、ぶどうは恐竜時代からすでに野生種があったそうで、栽培も八千年以上の歴史がある。ヨーロッパ種、アメリカ種、これらの交雑種に大別でき、世界中で生産されているが、大半は果汁を搾るためのワイン原料である。宝石のごとく艶やかで粒揃いの日本の生食用ぶどうは少数派であり、それだけに貴重な存在だ。

黒 葡 萄 密 か に 秘 密 に 熟 れ て を り　　和田順子

和田先生の句は、そんな日本ぶどうの魅力をきれいに詠みあげている。この句を口ずさむと、口中に甘酸っぱい葡萄果汁があふれ、五感がゆさぶられる。

ぶどうの甘味はぶどう糖と果糖によるもので、どちらもエネルギー補給に効きめがある。

酸味は酒石酸、リンゴ酸で、これまた疲労回復やエネルギー代謝を活発にしてくれる。もちろん、免疫力を高めるポリフェノールにも富む。ワインで飲んでも手づかみで食べてもすばらしい果物なのである。

亀甲の粒ぎっしりと黒葡萄　　川端茅舎

ところで、日本一のぶどう郷といえば、まず最初に甲州勝沼があがる。ＪＲ中央線で勝沼に近づくと、大地がせり上がったかのようなぶどう畑が車窓に広がる。約千三百年前、この勝沼に僧・行基がたった一本の苗を伝えたのが日本のぶどうの始まりなのである。

勝沼にはこの伝説を伝える大善寺（ぶどう寺）があって、薬師如来がぶどうを手にもち、東洋と西洋が融合したような美を体現していらっしゃる。原産地とされる地中海沿岸からシルクロードを経て極東の日本へ着地したぶどうの長い旅路を想い、わたしは思わず深く合掌したものだ。

ともあれ、朝晩の温度差が大きい甲府盆地の気候はぶどうにぴったりで、勝沼にすっかり根付いた。品種名は甲州種。近年、世界的に知られるようになった甲州種ワインの原料だ。紫紅色の中粒で、白い果粉をみごとに吹いていて、酸味、渋味、甘味の調和がよく、ワインにすると、爽やかな酸味と甲斐の山々を思わせる清らかな香りが生まれる。和食にも合う味わいだ。このぶどうのおかげで、勝沼は生食、ワイン両方の大ぶどう郷になったのである。

葡萄一粒一粒の弾力と雲　　富澤赤黄男

この秋は各地で美味のお福分けをいただいた。

山形では、鶴岡市郊外西荒屋。農民能で名高い黒川集落に隣り合うエリアで、庄内米の産地であるとともに洋梨、りんごなどがよく採れる。冬は豪雪に埋もれ、夏は暑い気候が果物向きなのである。うれしいことに、ぶどうはさらに一味おいしい。巨峰やデラウエアなど全国的品種に加えて、ナイアガラやステューベンという関東以西ではあまり見かけない品種があるのも楽しい。

ナイアガラは中粒の青ぶどうで、風味の底に専門的には狐臭と呼ばれるバタくささがあり、それが野生味に通じている。また、黒ぶどうのステューベンは山ぶどうをちょっと大粒にしたような感じで、くろぐろとした皮の奥から濃厚な甘味が山のこだまのように響いてくる。みちのくならではのおいしいぶどうは、これからもていねいに生産を続けてほしいものだ。
一方、愛媛県内子町のぶどうは大粒種が豊富で、食べ分けが楽しめる。ネオマスカット。ピオーネ。瀬戸ジャイアンツは皮ごと食べられ、お尻の形が桃に似ているので桃太郎の愛称をもつ。わたしの好きなぶどう園は、内子といっても山の奥の奥。内子町は白壁の町並みだが、大江健三郎氏の出身地の大瀬あたりは山村であり、さらに先の程内は四国山地にすっぽり抱かれたような集落である。そんな山奥に家族経営の大程農園があるのだ。

葡萄とは亡き子最後に食べしもの　向笠千鶴子

庭先でごちそうになったぶどうの豊潤な風合いといったら、生まれて初めてといっていいくらいのおいしさで、次から次へと出てくる種類がまた多様多彩。前述の三種類のほか、黄玉、ベリーA、安芸クイーン、シャインマスカット、ブラックビート、翠峰、リザマート等々。そして、次々に手を伸ばしながら気づいた。新鮮なぶどうはワインを呼ぶのだ。わたしはワインを飲みたくなるけれど、下戸の弟は青い香りをかぎたかったのだろう。

一粒の葡萄にもあり見目かたち　千恵子

どぶろく

世に祭りはあまたあるけれど、飲み助が大喜びするのはどぶろく祭り。どぶろくとは濁り酒の異名で、清酒に精製する以前の白濁した酒のこと。韓国のマッコリもこの仲間だ。ご飯に米麹や酵母菌を加えて発酵させたもので、乳酸菌をはじめ有用な菌に富むから、ほどほどの量ならば間違いなく百薬の長になる。

歳時記では、どびろく、濁酒などの類語があり、秋の季語になっている。それも当然で、もともとは神様にその年の新米をはじめとする五穀を捧げ、豊穣に感謝する神事・新嘗祭のための飲みものだったのだ。

どぶろくの外は漆の闇ながれ　入船亭扇橋

それを伝えるのが各地の神社でおこなわれるどぶろく祭り。この時季、初めての土地へ行って、どぶろく祭りのポスターが貼ってあったりすると、わくわくどきどきする。飛騨・白川郷の祭りは有名だが、しーんと静まった国東半島の山道でどぶろく祭りの手書き案内を見つけたときは、事前情報がなかっただけに興奮してしまった。

どぶろくはとろりとしていて、ほのかな酸味と、さらりとした甘味があり、心地よく酔いがまわる。つまり、おいしい。こんな酒をおおっぴらに飲めるとなれば、振る舞ってくれる神社がたとえ秘境にあったとしても、人は祭りに駆けつけるのである。

そういえば、子供のころ、父に連れられて見た伴淳三郎などが出演していた映画『気違い部落』で、どぶろくを密造する村人と取り締まる巡査とのドタバタ場面があった。それで、どぶろくが密造酒ということ、そしてどぶろくが警察に隠してもつくりたいほどうまい酒だということを初めて知ったのだが、東京の町中にあるわが家にどぶろくの影はなく、成人するまでどぶろくはずっと憧れの酒だった。

生ひ立ちはさして楽はらず濁り酒　西山常好

ところがなんと、わがお江戸にもどぶろく祭りがあったのだ。日本橋七福神の一つで、強運厄除けをうたう小網神社。人形町・甘酒横丁から歩いて数分のところで、ビルの谷間にある小ぶりなおやしろだが、神さびた気を強く放っている。江戸城をつくった太田道灌もよく参詣したし、土地も寄付しているから、五百年以上ずっと信仰を集めてきた古社なのである。また、七福神のうち弁財天と福禄寿の二柱の神様を祀っているし、境内の井戸で金銭を洗うと財運をさずかる東京銭洗い弁天としても知られている。
その小網神社では、十一月二十三日の新嘗祭を終えた後、十一月二十八日に「どぶろく祭」がおこなわれる。国指定無形文化財の里神楽舞が社殿で奉納され、参拝客はお神酒としてどぶろくをいただけるのだ。先年お参りしたときは、遠慮なくぐびりといったら、とろりとしていて華がある味わいで、つい神事であることを忘れそうになったくらいだ。そのうえ、後日、巫女さんから聞き出した製造委託先の滋賀県の酒蔵元を訪ねたのだから、わたしも念が入っている。

濁り酒男の本音こぼしけり　　海老原やす

どぶろく人気にあやかって、どぶろくを看板商品にしてしまった農家民宿や農家レストランもある。さいわい小泉政権時代に、地域経済活性化を掲げてどぶろく特区制度が設けられたので、特区内の醸造所で自家産米で仕込むなら製造、販売ができるようになった。

濁酒仙人仙女板戸絵に　　有馬朗人

この制度のもとで各地でどぶろくが生まれた。味噌を仕込むときの「手前味噌」ではないけれど、自分で酒をつくるのは買うより何倍も楽しそうだ。なかでもわたしが好きなのは宮城県鳴子温泉と、新潟県村上市のもの。鳴子の場合は、料理自慢の農家の主婦が始めた再生古民家の農家レストラン「土風里《どっぷり》」の名物で、ご主人のつくるひとめぼれを温泉水で仕込む。アルコール度十度のおだやかな風味は女性好みだ。また、酒に弱い人やドライバーにはアルコールゼロのどぶろくプリンもある。

どぶろくや壁に煤けし古鉄砲　　槇　秋生

一方、鮭の遡上で知られる村上市の山間部・旧朝日村高根地区では廃校を活用してどぶろくを醸造している。その名も「雲上《くものうえ》」といい、村上の銘酒・大洋盛を仕込む杜氏がアドバイザーになっているだけに、こっくりと味が深く、すぐにひと瓶あいてしまう。さらに、赤色酵母で仕込んだピンクの美しいどぶろくもあり、どぶろく目当てに山奥までやってくる人がけっこう多い。どぶろくは地域おこしにもつながるのだ。

どぶろくは元職員室で仕込まれし　　千恵子

冬

かぶ・かぶら

この冬は「かぶ大尽」になってしまい、春になってもそれが続いている。取材に出かける先々で珍しいかぶがわたしを待っていて、味を試してくださいと肌を輝かせているからだ。つい今しがたも高知県から持ち帰った白い弘岡かぶと薄紫色の田村かぶで千枚漬けとシチューを仕込んだばかり。

気候がいいせいか土佐の野菜は大型が多いが、これらのかぶも例外ではなく、とくに田村かぶときたら二、三キロもあろうかという巨漢ぶり。ロシア民話の『大きなかぶ』のように、「うんとこしょ、どっこいしょ」と力をふりしぼらなければ抜けそうもない。

わたしのような戦後の東京生まれは、かぶといえばピンポン玉大の白根をもつ金町こかぶ系をまず思い出す。なめらかな柔肌で、汁の実、煮物、ぬか漬けにおいしいあのかぶだ。近年、江戸東京野菜に認定された品川かぶ・滝野川かぶのような円筒形もあるが、あれは近年、復活した例外である。

また、京都の千枚漬けや金沢のかぶらずしに慣れ親しむうちに、これらのかぶが聖護院かぶらとか青かぶらというもので、他のかぶを使ったのでは、独特の風味はけっして生まれないことも知った。

次の汀女の句は、そんなかぶならではの個性を毅然と詠んでいて、すばらしい。

土を出て蕪一個として存す　　中村汀女

かぶはアブラナ科アブラナ属の野菜で、春の七草のスズナはかぶのこと。冬の季語であり、冬においしいかぶら蒸し、かぶ汁、かぶらずしも同じだ。

七世紀末に持統天皇が栽培をすすめたというくらいに日本人とは付き合いが古く、さまざまな品種がある。というのも、かぶは原産地によってアジア系とヨーロッパ系に分かれ、アジア系は中国から西日本へ、ヨーロッパ系は朝鮮半島経由で東日本に伝わったからだ。

その境界は、愛知〜岐阜〜福井あたりとされ、「かぶらライン」と学者は呼ぶ。もっとも、線上では二系統が混在しているようで、わたしはライン上にある福井各地を歩くうちに、そんな分布を実感できた。福井の伝統野菜のうちでもかぶは種類が多く、穴馬かぶら、嵐かぶら、河内赤かぶら、杉箸アカカンバ、古田刈かぶら、山内かぶらと、個性的な顔ぶれが揃う。名称の頭に付いているのは地名である。

これらが生き残った主因は、成長が早いおかげだ。今年の米は不作とわかってから急いで種を蒔いても、雪の前に収穫して越冬食糧にできたのだ。江戸時代の農業書には米を増量する「かて飯」によいと書かれているほどである。

蕪まろく煮て透きとほるばかりなり　水原秋櫻子

各地域で守られてきた背景にはそれぞれの物語がある。たとえば敦賀市山間部・杉箸集落のアカカンバ。滋賀から山越えして嫁入りした女性が百年以上前に伝えた赤かぶで、滋賀も赤かぶの品種が多い土地だからうなずける話だ。紫紅色と引き締まった肉質が凜々しく、ぬか漬け、甘酢漬けのほか、越前そばの薬味にもうってつけ。すりおろすことで辛味が増し、赤色が艶やかに映えて、そばを引き立てる。

興味深いのは、かぶの種子が土地を選ぶこと。杉箸から同じ敦賀市内へ種子を持って嫁入りしたら、そこでは赤くならず、白いかぶに育ってしまったのだ。伝統野菜は最適な土、水、気候が揃って初めて育つ繊細な作物なのである。

野菜のなかでもかぶの属するアブラナ科は交雑しやすいので、杉箸の農家では蜜蜂の行動半径の二・五キロ以上離れた場所に種取り用の専用畑を用意する。それとともに、獣害防止用の電線をめぐらすなどの対策も欠かせない。どの土地でも郷土のかぶを伝える一念でがんばっているのだ。

山形は友のふるさと赤蕪　　柳田聖子

がんばりといえば、福井の河内赤かぶら、山形の温海かぶや藤沢かぶなど、現代も古式の焼畑で栽培している土地を忘れてはいけない。山の斜面に火を放って地味を肥やすことから始まる大仕事だ。労働のきびしさと農家の高齢化から、近年は市民による継承活動が進んでいる。

なお、藤沢かぶは、若き日の藤沢周平が小学校で教鞭をとった山間集落の産物で、丸くて真紅の温海かぶと異なり、上部が赤くて下部は白く、ミニ大根のような形。パリッとした食感と爽やかな辛味は焼畑育ちならではの味わいだ。山形大農学部教授による学術的支援、地元のイタリアンレストランのシェフや漬物業者による商品化、そして、市民の郷土産物継承への熱意がこのかぶを支えている。

産土の地名持ちたるかぶらかな　　千恵子

甘鯛・ぐじ

徳川家康は質実剛健なイメージと違い、実はたいへんな食いしん坊だったようだ。長良川の鮎鮨、宇治茶などを江戸城まで定期的に運ばせていたし、命を落とした原因は、天ぷらの食べ過ぎだったらしい。お気の毒だが、親しみがもてる伝説だ。

それだけに、家康が名付け親の食材があっても不思議はない。それが興津鯛。駿府城のあった静岡市やその周辺では甘鯛をこう呼び、とくに一夜干しにしたものを指すことが多い。奥女中の興津の局がすすめた甘鯛の干物を家康がたいそう気に入り、興津鯛と命名したといわれるが、一方では、現在の静岡市清水区の興津に出かけた折りに食べたからという説もある。駿河湾では甘鯛がよく獲れるから、どちらも真実味のある話である。

魚店の甘鯛どれも泣面に　上村占魚

甘鯛はスズキ目アマダイ科に属し、鯛とはいってもいわゆる「あやかり鯛」の一種。とはいえ、本家の真鯛とはまったく別のうまさを持つ高級魚である。甘鯛とは身に甘味があることから付いた名だが、頭巾をした尼の横顔に似ているので尼鯛と書いたのが甘鯛に転じたともいう。

尼の譬えはみごとだが、上村さんの泣面の形容もいいところを衝いている。張り出したおでこの下にあるぱっちりした黒眼は濡れ濡れと潤んでいて、まさしく泣き顔である。

甘鯛は秋から春が旬で、歳時記では冬の項に入っている。国内近海で揚がるのは主として白甘鯛、黄甘鯛、赤甘鯛の三種で棲息域や大きさが少しずつ異なる。前述の興津鯛とは、このうちいちばん美味とされる白甘鯛のことだ。

漁獲量が断然多いのは赤甘鯛。「ぐじ」の通り名で親しまれ、季語にもなっている。額が出っ張った独特な容貌から方頭魚と呼ばれたのが、ぐじに転訛したとも、若狭、丹後、舞鶴など日本海側の産地名の「くし」が京都に運ばれ、ぐじに変わったともいわれる。

甘鯛の味噌漬もよし京泊り　　矢尾板蓮草

さて、ぐじの名品といえば、若狭ぐじ。京都では「若狭もの」と呼ばれる水産加工品が最上品で、そのうちでもぐじは品格にすぐれるとされる。鯖街道では鯖ばかりでなく、一塩にされたぐじもまた運ばれてきたのである。

若狭ものがとれるのは、丹後半島・経ヶ岬と越前海岸・越前岬を結んだ線の内側にあたる若狭湾だ。リアス式海岸が続き、山から河川で運ばれてくる栄養分でプランクトンが豊富だから魚がよく育ち、さらに沖合では暖流と水温の低い日本海の流れが入り交じっているので魚種も多い。加えて、若狭の人々は加工技術に秀でている。舌の肥えた京都の人々を顧客にしてきたから、魚をよりおいしくするよう、開き、塩をして、干すという一連の加工作業に細やかに心を込めたのだ。

その典型がぐじ。元々の魚体は水っぽいため、魚の部位ごとに加減しながら塩をふって水分を抜き、うま味を際立たせるのだ。

わたしは小浜の田中平助商店で社長が見せてくれた手さばきが忘れられない。体長四十センチの大物を頭ごと背開きにし、眼の部分に塩を押し込み、胸びれの裏側に塩をたっぷりすり込んでから、掌に付けた塩をぱっぱっと振って、全体にうっすら均一に行き渡らせるのだ。その仕事ぶりはひとつひとつが丁寧かつ流れるようだった。この技術こそが若狭ものと名乗れる所以なのである。

甘鯛を焼いて燗せよ今朝の冬　小沢碧童

一塩したぐじは、味噌漬けや粕漬けにする。ぐじをガーゼでくるんだ上から白味噌や酒粕を塗り付けるのが若狭流で、こうするとガーゼをはがしたときに桃色の皮がきれいで、身もしっとりする。色っぽさがぐじの身上なのだ。

焼くときはうろこを付けたまま。これを「若狭焼き」という。うろこといっても極薄だから、焼き上がるとぱりっとして、しゃしゃりいい歯ごたえだ。また、うろこと身の間のうま味を楽しめるし、身がくずれにくいという利点もある。とりわけうまいのはお腹の辺りの背中側で、焼きたてを頬ばると、甘くてふっくらしていて、口中がたちまち極楽となる。

甘鯛や祖母の薄味妻の継ぐ　　吉本安良

最後に、大阪で見つけたぐじを紹介しよう。大阪鮨のぐじの棒ずし。軽く酢締めしたぐじがすし飯をふわりと抱き、半透明の白板昆布が全体を包んでいて、おいしさはしなやかの一言。家康が聞いたら怒るだろうが、ぐじの食べ方では関西がひと味まさる。

甘鯛の鱗を立てて焼かれけり　　千恵子

ずわい蟹

冬の日本海の幸は数々あれど、あでやかさと味がぴたりと揃うのはズワイガニ。鋏の付いた脚の根元を見れば産地はすぐわかる。「越前がに」なら黄色いプラスチックタグ、鳥取の「松葉がに」には白地に赤の縁取りのタグが付いている。水色のタグは石川の「加能がに」である。

以上は県別だが、かに自慢の水揚げ港では独自のタグを付けていて、緑色のタグは丹後半島の「間人《たいざ》がに」、青色は兵庫県の城崎温泉近くの「津居山がに」、同じ兵庫でも白は「香住がに」と、ブランド化をはかっている。それぞれにファンがいて、値段もすこぶる立派なのだから、まったく日本人は心底からのかに好きだ。

そのうえ、福井県には「極《きわみ》」という極上品がある。重さ一・三キロ以上、甲羅幅十四・五センチ以上、爪幅三センチ以上という大型で、かに味噌がずっしり詰まっている。基準を満たすのは年間五百匹前後で、水揚げ量の〇・五パーセント以下という厳しさだから、黄色タグとは別に「極」の文字入り特製タグが付くのもよくわかる。ただし漁師に聞いたら、タグ代が一個千円もかかるそうだから、ブランドを確立するのもたいへんだ。

月光に波の穂の散るずわい蟹　井上弘美

ところで、俳句では「蟹」は夏の季語だが、「ずわい蟹」は冬の季語に入っており、産地名を示す「越前蟹」「松葉蟹」が類語として認められている。歳時記で蟹と漢字で表記するのは、ごつごつした姿を字面であらわそうとしているのだろうか。

「せいこ蟹」「こうばく蟹」も冬の季語で、どちらも雌のズワイガニのこと。タグを付けられて流通するのは雄のズワイガニだけで、姿形が立派なぶんだけ産地でも値段が張るから、地元の人たちは、県外に住む身内や知人に贈ることがほとんどらしい。

肘張って越前蟹のとどきけり　和田順子

その代わり、地元では雌ガニを存分に楽しむ。福井では「せいこがに」「せこがに」、鳥取では「親がに」、石川では「香箱がに」「こうばくがに」が通り名。雄の約三分の一サイズなので、脚の身肉より卵が珍重される。甲羅の中に秘められたオレンジ色のねっとりした内子（卵巣）と、ぷちぷちした食感の外子（卵）、つまり卵が二種味わえるのだ。若い海女を連想させる味わいは、一度食べたら忘れられない。
金沢では、香箱がにの甲羅に卵、身肉、かに味噌を詰めておでん種にする。「かに面《めん》」という名のとおりに、おでん鍋に小さな赤い顔がずらりと並ぶ風情を愛でつつ、加賀の冷酒をいただくと、ふうっと時間が止まる。

こうばく蟹うまし十指をよごしけり　　楠　久子

なお、ズワイガニの漁期は、雄ガニはおおむね十一月から三月までだが、雌ガニは資源保護のため短くなっていて、福井県の場合は年内いっぱいで終了する。
その代わり、福井には別のかにの楽しみ方がある。早春に脱皮したばかりの雄ズワイガニだ。殻から身がずぼっと抜けるので「ずぼがに」と呼び、みずみずしくて淡白な甘味を喜ぶ。同様なものを鳥取では「若松葉がに」という。また、脱皮寸前で新旧の甲羅が二重になっているものは全体に味が濃く、とりわけ味噌が濃厚といわれる。

ずわい蟹茹でる灯靄の人だかり　　坂本其水

ズワイガニ漁はみぞれが降り、強風が吹き荒れる日本海が舞台。漁師が命がけで獲ったかには、福井では三国港、越前漁港、敦賀港、小浜港に揚がり、ただちに茹でられる。味噌を甲羅に集めるために、甲羅を下側にしてざるに載せ、湯がぐらぐらたぎる大釜にざるごと沈めるのだ。

茹で上がると黒ずんだ殻がみごとな朱色に転じる。甲羅をそっと開ければ、海の果汁をたくわえた純白の身があらわれ、そこに濃緑色のかに味噌が寄り添う。この味噌があつあつのうちに、むしった身に付けてほおばるのが最高にして最善の食べかた。これがかなうのは、産地の宿や料理屋だけだから、現地まで出かける以外ない。

しけ止みてこの食膳の松葉蟹　弟子丸すみえ

かに取材で忘れられないのは、越前町の宿からＮＨＫの『ラジオ深夜便』の生放送に電話出演したときのこと。出番が近づいたときに雷鳴がとどろき、高波のてっぺんを夜目にも白く兎が飛び始めたのだ。窓の先に日本海を感じながら、越前がにについて話す声は、われながらうわずっていた。

日本海の荒波にほふずわい蟹　千恵子

寒鯉

冬の大洗へ鮟鱇を食べに行ったら鯉が出た……。と言っても、吊るし切りのお腹から鯉が現れたというオチではない。懇意にしているホテルのオーナーが、鮟鱇のどぶ汁もいいけど、たまには……と、連泊の最初の晩は地元・茨城の旬の味覚満載の会席コースでもてなしてくださったのだ。

常磐沖の魚、常陸牛、常陸秋そば、奥久慈軍鶏、干し芋、蓮根などが次々に運ばれ、後半には、大洗に近い汽水湖・涸沼のはぜ、しじみなどの魚介もいただいた。そのうちでも、圧巻は鯉。和食部門の調理長が涸沼の漁師の息子さんで、とびきりの獲物を父親から入手するうえ、思い入れも格別なのだ。父子で地産地消とは、拍手したいほどいい話だ。

鯉は鯉こくで。箸を入れると、みっしりしていて、皮がつるりとはずれ、口に入れた身はほろりとほぐれた。厳冬期の寒鯉は、寒さを乗り切るために脂がのっているし、雌は春の出産に向けて力を貯えているから、うまいに決まっている。寒鯉が冬の季語なのは伊達ではないし、類語の凍て鯉、寒鯉釣りなどからもわたしは味を連想してしまう。

生きてゐる重さ寒鯉苞に巻く　　川畑火川

鯉は昔から魚の王様とされている。姿が立派で、味がよくて、縁起もいい。端午の節句には鯉のぼりが欠かせないし、鯉の滝登りは龍への出世につながる。そして、生命力に富んでいるぶん、滋養強壮効果の点でも満点なのだ。

これを象徴する料理が、昭和中頃まで中華料理で最大のごちそうだった鯉の丸揚げ。骨までパリッと揚がった鯉に甘酢っぱいあんがとろりとかかり、食感の豪快さとあいまって、ひと口食べるだけで上海までひとっ飛びできそうな元気をもらえる逸品だった。広島カープの名称も、鯉の力に着目してのことだと思われる。

日本人も古くから鯉を珍重してきた。妊婦が食べれば安産になるともいうし、産後に食べるとお乳の出がよくなると信じられたのだ。つまり万能薬ということだ。

寒鯉を雲のごとくに食はず飼ふ　　森　澄雄

そういえば日本橋で育った小学生時代に、近所の魚屋が店先で鯉をさばいていた光景をよく覚えている。なぜかその場に行き合い、じっと見入っていたらしい。魚屋の親父さんは、ぴくぴく動く心臓を血肝と称し、わざわざポリ袋に入れてサービスに付けていた。川魚専門でもない普通の魚屋だったが、浜町、柳橋といった華やいだ町に近かったから、刺身代わりに鯉のあらいが特注されていたのだろう。

もう一つの思い出は、祖父母に連れて行かれた葛飾・柴又の川魚料理屋の鯉こく。甘い味噌味にくるまれた鯉は、お伽話のごちそうのようで、すっかり鯉こく好きになった。

寒鯉を俎上に夕日真っ赤なり　田村正義

地方でも、おいしい鯉料理に何度も出合った。東北なら会津若松、米沢が双璧で、甘露煮が定番。どちらも海から離れていて、上杉家ゆかりの地。食文化が伝播したのだ。

鯉の里として親しまれているのは、信州・佐久の桜井地区で、養殖池が点在している。江戸中期以来、春夏は水田で鯉を飼って雑草を食べさせ、秋に水を落とすときに湧水池に移して、食用として育てるのだ。甘露煮、あらい、鯉こく、揚げものと料理法は多彩で、とりわけ味噌漬け焼き、塩焼きは佐久だけの郷土の味。脂があるのに淡白という矛盾した鯉のテイストをみごとに生かした料理である。

また、佐賀の小城では名水で清めた鯉のあらいが名物で、小城羊羹が特産の土地だけに、ごく甘口の酢味噌でいただくのだが、そのとき柚子胡椒を混ぜるのがいかにも九州らしい。甘いと辛いが不思議に溶け合い、よくさらした鯉の身にぴったりの風合いとなる。

寒鯉やものみな寂て空の青　　本田しげき

若狭の三方湖では天然鯉を叩き網という古式漁法で獲っている。漁期は師走から三月にかけてで、竹竿で水面を叩き、湖底で静まっていた鯉が慌てふためいたところを刺し網に追い込むのだ。しんとした湖面に、水を叩く音が響き、水鳥がわっと飛び立ち、白いしぶきが飛び散るそのとき、湖底では鯉たちが刺し網にずぶりと頭を突っ込んでいるのだ。おもしろうてやがて悲しき――の世界である。

驚くのは鯉のでっかいこと。一メートル近い大物揃いで、どれもが湖の主のようだ。漁師のお宅でごちそうになった切り身の煮付けは、黒く見えるほどに赤色が濃くて精気にあふれ、魚というより猪肉のように重厚な味だった。卵の煮付けは、ほろほろしているのに味が乗っていた。鯉の味はさまざま、まして郷土の味覚はさらに奥深い。

寒の鯉水面叩きて漁れり　　千恵子

みかん

町を歩けば「みかん」にぶつかる。東京・深川でのこと。江東区白河の深川江戸資料館を出てぶらぶらしていて、紀伊国屋文左衛門の墓を見つけた。近くにある清澄庭園は彼の別荘だったというから、少しも不思議はないのだが、紀伊国屋とわかったとたん、わたしの頭はみかんのことで一杯になってしまった。紀州生まれの文左衛門が特産のみかんを船に満載し、荒海を乗り切って江戸へ運んだという伝説を思い出したのだ。史実かどうかよくわからない話だが、江戸っ子には紀文の度胸のよさがしっかり刷り込まれている。

海見えずして海光の蜜柑園　　野澤節子

当時の紀州みかんは、ずいぶん小ぶりだったし、種もあったらしい。中国から伝わった原種に近いともいわれ、田道間守が伝えた橘の実がみかんの始まりという言い伝えがなんとなく納得できる。現代でも正月の鏡餅の飾り用などに、昔の品種がごく少量出回るようだ。また、鹿児島の桜島みかんも同種のものである。

いっぽう、遣唐使が鹿児島の長島へ伝えた温州みかんという系統もある。こちらは種がなく大粒なので食べやすく、みかんの主流になった。近代に入ると、早生や晩生の品種が開発され、近年はハウス栽培も盛んになるという具合で、みかんといえば温州みかんを指すようになっている。

温州みかんの早生種を代表する宮川早生と、九州の水郷・柳川で出合った。柳川藩の屋敷だった料亭旅館・御花を見学して土産品コーナーをのぞいたら、濃いみかん色をしたおいしそうなジュースが並んでいたのである。ジュースは瓶入りで、お値段もなかなかのもの。説明書によると、明治時代の当主・立花寛治が農業による地域おこしを志して農園を開き、柳川で生み出された早生みかん・宮川早生を保護育成したそうだ。そのみかんが現代に至るまで立花家の農園で栽培され、ジュースとなっているのである。由来を知った以上は、ぜひとも飲んでみたい。ごくりとやると、濃くて、甘くて、酸味のほどがちょうどよい。その味に戦国時代以来の立花家四百年の歴史が重なるから、さらにおいしい。食べものは物語で彩られていっそう艶やかになるのである。

蜜柑投ぐこのきかん坊如何にせん　西村和子

みかんは器に山盛りにしてこたつテーブルの上に置くものというイメージがある。たっぷりした量感が心をあたためてくれるのだ。もっとも、子どもたちにとっては、いいおもちゃが目の前にあるということなのだけれど。

有吉佐和子の小説『有田川』は、みかんに生涯を賭けた女性がヒロインだけに、川の氾濫に苦労しながらみかん栽培に奮闘する農家が描かれていて、読後は、あだおろそかにみかんを食べては罰があたると思ったものだ。その後、みかん産地を何カ所も取材し、現代もなおみかん農家の苦労が続いていることを知った。

白い花が咲き、黄色く色づいたみかん畑は、唱歌で歌われるとおりに美しくやさしい。たとえば、眼下に宇和海を望む愛媛県明浜町。真冬でも陽光がきらめき、濃緑の山にみかんの黄色が点々と広がる絶景の地で、石垣の整然とした幾何美は世界遺産級である。

しかし、その畑をつくり、維持していくのは並大抵の労働ではない。みかんは温暖少雨、水はけと日当たりがよく、ミネラルを多く含む潮風の吹く土地を好むため、どの産地でも畑は海岸の傾斜地につくらざるをえないからだ。もっこで石をこつこつと運んで、段々畑を築くのである。

こうした海辺のみかん畑は各地にあるのだが、デコポンなど他の柑橘に転作されたり、放置されたままになっているところが少なくない。家庭からこたつが減ってみかんを食べる習慣が薄れたし、柑橘の種類が増えたうえ、輸入品の増加でみかんの消費量が激減しているのだ。

こんな状況を打破できる兆しもある。みかんの皮と牛乳を一緒に摂取すると花粉症の症状が緩和されるという研究が進んでいたり、養殖魚の餌にみかんの皮が用いられるようになっているのだ。愛媛では「みかん鯛」と呼ばれる。鯛が病気に強くなる効果があるし、刺身にするとみかんがほんのり香る。

良き友の遠くて近し蜜柑剝く　　杉山京子

わたしは、旅行ではみかんを二、三個かばんに入れておき、車中で楽しむ。皮をむきつつ思い出すのは祖母のこと。母方の祖母はみかんを焼いて食べるのが好きで、皮をむいたみかんを小房に分けては長火鉢の網に並べ、ていねいに焼いていた。熱くなったみかんに炭の香がまとわりつき、おつな味になるのだ。みかんには思い出話がよく似合う。

長火鉢はさんで祖母と蜜柑かな　　千恵子

餅

のびーる、ねばーる、もっちり。餅の魅力のおおもとは、素材のもち米のおかげだが、ご先祖さまはこの食感が大いに気に入ったようで、大陸から伝播して以来、ずっと暮らしに取り入れてきた。もっとも、米そのものがハレの日だけに口にできる食べものだったから、うるち米よりさらに贅沢なもち米はことさらありがたいものだった。

その証拠に、子供が誕生したとか、家を建てたとか、嫁をもらったなどなど、この国では祝い事があればすぐに餅をつく。餅は人生の節目に寄り添う食べものなのである。人生最初の餅との出会いは、今も米どころで行われている力餅の風習。一歳児に一升餅などと称した大きな餅を踏ませたり、背負って這い這いする頑張りぶりに声援をおくったりして、すこやかな成長を祈るのである。

山 光 る 餅 の 白 さ も 幾 夜 経 て　　飯田龍太

建前の祝いに餅をまくのも楽しい。わたしはわが家のアルバムの古写真で自分の姿を見付けただけなのに、祖父に抱かれて屋根の上から元気よく餅をまいた記憶がくっきりインプットされている。餅が発するパワーが写真に乗り移り、わたしの心に刷り込まれたのだろうか。

餅には霊力があるとされ、神社や寺の儀式にも欠かせない。その関連でいえば、福井県鯖江市河和田の敷山神社で取材したオコナイの餅まきは、なんとも迫力があった。

オコナイは京都などの大寺院の修正会や修二会が起こりといわれ、西日本を主にした各地に伝播して、五穀豊穣と地域安全を祈る民俗行事となった。滋賀県の湖北や甲賀では乗用車のタイヤほどもある特大鏡餅や彩りうるわしい餅花などを供えるが、河和田ではそれらは簡略化され、餅まきをメインにした行事になっている。

河和田塗で知られる河和田は古来から漆器づくりの盛んな土地だが、オコナイのある一月中旬は雪に封じ込められる。集落の神社に向かうと、物売りの屋台まで出ていて、なかなかの賑わい。社殿は石段を上った高台にあり、盛装した厄年の男性がそこから餅を投げるのである。

村人たちが境内を埋めつくすと、餅まきが始まった。平べったい丸餅でかなり大きく、Mサイズのピザパイほどもある。取り損ねた餅は泥が付いたり割れたりするが、そんなことは気にもせず、人々は我先に拾い上げる。と、隣に立っていたおばあさんがしゃがみ込んだ。あわてて様子を見ると、餅が額に命中したらしく顔面血まみれ。それでもご当人は餅を抱きしめ、にこにこ顔なのだ

餅焼くやちちははの闇そこにあり　　森　澄雄

俳句では餅は冬の季語。東日本の切り餅、西日本の丸餅と形が異なるうえ、炭から電気、ガスへと変わったけれど、餅を焼くときの厳粛な気持ちは不変である。欲張りなわたしは、正月は丸と四角の両方を用意する。食感が微妙に異なり、どちらもおいしいからだ。

なお、歳時記には、ひび割れたものを水に浸す水餅、寒中の寒餅、餅を凍結させる氷餅や凍み餅もある。これらは正月の餅を残さず食べる知恵から始まっているようだ。

かき餅、あられの類も餅に由来する食べもので、固くなったかけらをさらに干して炭火で炙り、醤油や塩で味付けしたのが始まりである。それだけに、農家が副業で始めた店では、原料のもち米から自家栽培している例が多く、ひと味まさる。たとえば、店主が「じつは、田んぼにいる時間のほうが長い」と笑う滋賀県大津市の八荒堂。香ばしくてさくさくだから、ぽりぽりが止まらなくて困る。

いくさなきをねがひつかへす夜の餅　大野林火

わたしは下町育ちなので、庭先に臼と杵を持ち出し、湯気もうもうと米を蒸して餅をつく情景にずっとあこがれていた。その夢が思いがけなく実現したのは、大工の棟梁と知り合い、暮れの餅つき会に招かれたとき。へっぴり腰ながら杵も持たせてもらった。そしてつきたてに大根おろしやあんこをまぶしてほおばるうれしさ、楽しさ。お客たちがひと通り満腹したあとで、さらにひと臼ふた臼ついて、正月の餅に仕上げることを初めて知った。

丸餅の母の手づくりみな揃ひ　今井眞

最近は、地元の町内会主催の餅つきが集会所で開かれるので、もち米を蒸かす白い湯気やぺったんぺったんの音を楽しめる。おろし餅やあんころ餅も分けてもらえる。その行列に十代、二十代の姿も多いから、餅つきはこれからも年中行事として続くだろう。いえ、そうあってほしい。

餅つきの一音響くビルの間　千恵子

きりたんぽ

和食がユネスコの無形文化遺産に認定されて以来、郷土料理が再認識されてきた。うれしいことだが、都会で味わうだけでは真の魅力はわからない。

たとえば秋田のきりたんぽ。近年は全国区の人気鍋ものになり、郷土料理店だけでなく居酒屋でも食べられるし、鍋セットを取り寄せて家庭で楽しむこともできる。それはそれでおいしいが、雪国特有の湿りけのある寒気のもとで、湯気をふうふう吹きながらあつあつっと口に入れるのとは、美味の次元が異なる。きりたんぽは、地酒を酌みながら秋田訛りの人たちと鍋を囲んでこそしみじみする食べものだと思う。その席に秋田美人が加わっていようものなら、一生の思い出になるに違いない。

きりたんぽかすかにありし火の匂ひ　　下島正路

きりたんぽは、山で働くマタギや樵がにぎり飯を串に刺して焚き火や囲炉裏で焼き、鍋に入れたのが始まり。たんぽとは槍の先にかぶせる覆いとも、蒲の穂の別称ともいわれ、秋田杉の串に巻き付けたご飯は形がそっくりだからと「たんぽ」と呼ばれるようになり、食べやすく切って煮るところから「きりたんぽ」に転じた。現代のご飯はブランド米・あきたこまちなので、焼きたての香ばしさは天にも昇る心地。また、秋田杉と火の移り香が加わるので、思い出すだけでもたまらない。

芹ごぼう香を競ひけりきりたんぽ　角川照子

きりたんぽと秋田県北部の地鶏を芹、舞茸、ごぼうなどと一緒に鶏ガラスープで煮たのが、きりたんぽ鍋。しかし、きりたんぽと言うだけできりたんぽ鍋を指す場合が多い。歳時記でもきりたんぽが冬の季語になっている。角川さんの句からも、鍋の中できりたんぽが香り野菜とともにくつくつ煮えている情景が浮かんでくる。

ところで、山の男たちから始まったせいか、きりたんぽはワイルドな感じが強い。でも、現地では味付け、具がさまざまであるうえ、煮るときにはこまやかに気を配る。だからこそ、深いコク、余韻が生まれ、あたたかい郷愁の滋味が広がってくるのだ。

朝市に旅の荷増やすきりたんぽ　川井玉枝

秋田で味わうなら、大館と鹿角のはしごをおすすめする。どちらも県北部の大きな街で、車なら約一時間の距離同士だが、大館は佐竹藩の、鹿角は南部藩の領地だったため、風土性は微妙に異なる。また大館は比内地鶏の元になった天然記念物・比内鶏の本場だし、鹿角はきりたんぽの発祥地だから、きりたんぽ鍋に関してはどちらも自負が強い。それが対抗意識を生み、おたがいに独自の味を生み出している。ここは、ぜひとも両方行ってみたいものだ。

皮切りは、飛行機で大館能代空港に降り立つのが便利。大館では毎日のようにどこかの集落で朝市が立ち、野菜や果物のほか農器具まで並ぶが、冬はきりたんぽ鍋の材料が目玉商品。きりたんぽを焼きながら売り、ねぎ、舞茸、芹、ごぼう、里芋、食用菊、山の茸のほか、しぼり大根と呼ぶ辛味大根は山盛りになっている。地元ではきりたんぽ鍋には芹と菊が不可欠で、数種類の茸や里芋が入ったり、大根の辛い汁をつけて食べる家もあるなど、風土色が濃い。

比内鶏を食べることはできないが、比内鶏の雄にロードアイランドなどの雌を交配させた一代交雑種の比内地鶏があり、肉はすばらしい弾力感としなやかさを兼ね備えている。空港近くの「秋田高原フード」は飼育から食肉加工までの一貫生産で、味のよい雌だけを出荷している。

大館で食べる鍋は、きりたんぽの太さはさまざまだし、斜め切りにしたり、ちぎって入れるなどいろいろだけれど、鶏ガラでじっくりスープをとり、醤油、酒、みりんなどで調味するのは共通。煮込みすぎると雑味が出てしまい、せっかくのきりたんぽと鶏肉が泣くという。あつあつを食べると、黄金色の脂が水玉に散った汁がおいしく、歯応えのいい鶏にも、山の風趣に富む芹、茸などにもだしがよくしみている。

縄文遺跡の大湯環状列石がある鹿角でも、朝は市が見ものだ。そして、夕食はきりたんぽコーディネーターを自称する名物女将の「美ふじ」がいい。銀茸やなら茸などの天然茸をたっぷり入れた本格きりたんぽ鍋のほか、たんぽの穴に鰻の蒲焼を詰めたもの、開いてトマトソースとモッツァレラチーズで焼いたピザ風、古代米製たんぽなどのアイディアたんぽが揃っていて、いずれもうなってしまう味である。

なるほど、きりたんぽとは、どんな食べ方をしてもすばらしい究極の郷土米料理なのである。

きりたんぽ火の香杉の香冴して　千恵子

たくあん

江戸東京野菜の復活運動が軌道にのり、もう五十種類にも増えた。冬場の野菜関連イベントでは、とりわけ大根が大活躍する。日本橋大伝馬町のべったら市、練馬大根引っこ抜き大会、浅草待乳山聖天の風呂吹きを供する大根祭り、亀戸香取神社の亀戸大根福分け祭りといった具合。

大根はアブラナ科の一・二年草本で、原産地は諸説あるものの、日本に伝播してからは数百種に分化して、江戸・東京の地にもしっかり根を下ろしてきた。将軍家ゆかりは練馬大根。五代将軍・綱吉が若いときに脚気にかかり、練馬で療養中、尾張から届いた種子をまいてみたら上々の出来だったという。どうやら当地の在来種と交雑して誕生したものらしい。この地域は武蔵野台地特有の「赤土」と呼ばれる火山灰土が積もって耕土が深いので、長くてすんなりした練馬大根にぴったりだったのである。

沢庵を漬けたるあとも風荒るる　市村究一郎

やがて江戸市中に広まったのは、たくあん漬け。塩、米ぬかで漬けるたくあんは、白米好きの江戸っ子がかかりやすい脚気の防止にうってつけだったが、じつは、米ぬかに含まれるビタミンB_1が脚気の特効薬だったとわかったのは明治時代になってからのことである。皮肉な話だ。もちろん、おかずを多種類食べる現代ではビタミンB_1不足の心配もまずない。

たくあんが脚気にどこまで効果があるかは疑問だが、ご飯のおかずに最高であるのは確かだ。しょっぱすっぱくて食感もいい。元々は「貯え漬け」で、江戸初期の禅僧・沢庵和尚が三代将軍・家光に食べさせたことにちなんで名が付いたという。それにしても、将軍家と縁が深いわりに庶民的でもあるところが、大根の人徳というものであろう。

なお練馬地域は、晩秋から初冬に空っ風が吹くので大根を干すにはうってつけだった。さらに、優良種の選抜・育成に労を惜しまず、収穫後は冷たい水で洗い、表面がざらついた鮫皮で大根の皮をこすって傷を付け、干し上がりを早くするなどの工夫を重ねた農家の人たちも偉かった。

たくあんのうまく漬かりて日々好日　　岩崎甲子郎

うれしいことに、その伝統が甦った。近年はキャベツ畑に様変わりして細々と生産されるだけになっていたけれど、地元ＪＡが復活に乗り出して、現在は十軒以上の農家が栽培し、たくあんにまで加工している。

当年八十歳の長老は「一本三キロくらいのものを二週間ほど干してから、たくあん漬けにする。練馬大根は繊維質が多いから、たくあんにするとパリパリしてうまいんだよ」「大根を井桁に組んで四斗樽に七段重ねて重石をのせる。塩分量は秘密だけど、無添加だよ」と、胸を張る。

長老が若い頃は、漬け込みのときは干し場のある畑の真ん中に置いた提灯の明かりで夜なべ仕事をし、たくあんの樽をえっちらおっちら納屋まで運んだものだという。つらかったが、やっちゃ場のあった神田まで運んでいく日は晴れがましい気分だったそうな。まさしく岩崎さんの句の心境だったに違いない。

大根を漬けてしまへば真暗がり　　　大峯あきら

練馬大根は干し方も独特だ。一般には木材で干し場を組み、葉をからげた大根を掛けて干すが、練馬では畑から抜いて土を洗い落としたら、首の下で葉をばっさり切り落としてしまう。根っこだけになった大根を十本ほど横に連ね、紐で丸太にくくりつけて暖簾状にして干すのだ。
空っ風が吹くといっても、武蔵野の雑木林に囲まれた畑は吹きっさらしというほどでもない。そんな条件のもとで効率良く干すために考案された知恵だったのではないだろうか。わたしは、この干し方を知ってから、各地の大根干し風景が気になってならない。

沢庵漬押し蓋沈み始めけり　　髙野ふよ子

伊勢たくあんはお伊勢参り客の口コミで有名になった。長くてすんなりした伝統種由来の御薗大根を天日干しにし、無添加で塩、米ぬかで漬けるのが本物の味。干し場は、順に高低をつけて丸太を何本も組み上げげ、葉付き大根の葉を横木にからげて根を下に向けて干す。全体が「ノ」の字の形に曲がるまで干すのが目安で、約二週間で干し上がる。塩、米ぬか、風味付け用の柿の皮、なすの葉、唐辛子とともに漬け込んだ伊勢たくあんは、乳酸発酵食品ならではの素朴で懐かしい味である。

沢庵漬井桁に組みし樽の中　　千恵子

納豆

納豆人気を気圧配置に例えると東高西低の印象が強いが、時代とともに食の嗜好は変わるもので、今や九州、沖縄でも納豆大好きという人によく出会う。移住者というわけでもない、土地っ子がそうなったのだ。発酵食品ならではの複雑なうま味と栄養面が認知されてきたのだと思う。

納豆の糸引張りて遊びけり　小林一茶

ご存じのとおり、日本にはおなじみの糸引き納豆のほかに、まったく別種の納豆もある。大豆を煮てから発酵させ、塩味の甘納豆状にしたものだ。一見したところは、うさぎの糞のようだが、口にふくめば滋味豊かで、湯豆腐や風呂吹き大根の薬味に用いてもおつ。そのまま舌で転がせば、お酒がすすむ。もちろん、ご飯やお粥の友にもよく、生野菜に添えてもなかなかの相性である。

この納豆は、唐納豆、塩辛納豆などと呼ばれ、主として寺社の精進料理用につくられてきたために寺納豆ともいう。また京都の大徳寺が得意とし、門前に専門店があるくらいなので、大徳寺納豆の名もある。さらに、静岡県浜松市の禅寺に伝わることから浜納豆とも呼ばれる。浜松城主の時代に徳川家康が好み、兵糧にも用いて特産品に育てたのだそうな。

どれもよく似ているし、粒の大小や風味に違いがあるけれど、それぞれに個性ゆたか。浜納豆は山椒や生姜が隠し味に使われているので、孤高の禅味といったムードの大徳寺納豆よりも近づきやすい。家康というと粗食派のイメージだが、じつはグルメだったのだ。

まぎれなき雪の糸ひく納豆かな　久保田万太郎

話を糸引き納豆に戻そう。東京でも昭和前期までは納豆売りの姿を町で見かけたというし、神田明神脇には名代の納豆を製造販売する店があるくらいで、江戸っ子が納豆好きなのは明らかだ。もちろん、江戸で納豆といえば糸引き納豆だ。

箸割れば響く障子や納豆汁　石塚友二

サーカス一座の朝餉のおそし納豆汁　小林邦子

ちなみに、納豆は冬の季語で、納豆をすりつぶしてだしに溶き混ぜて味噌汁に仕立てる納豆汁も、同じく冬である。友二や小林さんの句には、庶民の朝食の情感があふれていて、口ずさむと、熱い納豆汁とともに、ほわっとあたたかい何かが心にしみいってくる。

さて、納豆の本場となると、茨城、福島、そして秋田ということになる。これらの地域は原料の大豆産地でもあり、納豆消費量がずば抜けて多く、しかも美味な納豆が揃っている。それもそのはずで、糸引き納豆というものは、このエリアから始まった食べものなのだ。

納豆の伝説は八幡太郎こと源義家の前九年の役（一〇五一〜）にさかのぼる。義家一行は東北へ出征した際に、茹で大豆を藁づとに詰めたものを、軍馬に結びつけて進軍した。ところが、馬の体温で大豆が発酵し、糸を引いてきた。捨てるのももったいないからと兵たちがこわごわ食べてみたら、うまい！　ということになって、周辺に普及したというのだ。納豆どころはすべて遠征軍の道筋に連なっているわけだし、なんだかリアリティのある伝承だ。

伝説どおりの逸品納豆が現代まで続いている。檜山納豆である。千年前と同様に、蒸した大豆を藁づとに詰めて藁ひもでくくり、室で発酵させているのだ。秋田音頭の「秋田名

物　八森ハタハタ……」という耳慣れた歌詞に出てくるあの納豆である。

産地は日本海に臨む秋田県北部の能代市近郊の檜山地区。十五世紀後半に檜山安藤氏が、江戸時代には多賀谷氏が治めた土地で、日本海と白神山地を結ぶ拠点として栄えた。納豆が伝わったのは檜山安藤氏の時代で、当地には当主で十五代目という老舗納豆屋があり、藁づと納豆をつくり続けている。容器だけを藁づとにして田舎風のイメージを演出したまがいものが多いなか、こちらは蒸した大豆を直に藁づとに詰めてそのまま発酵させた本物中の本物である。

大豆は地元・秋田県産の「あきた白神大豆」で、藁は地元農家が天日干しした「あきたこまち」のもの。そして藁づとをつくったり大豆を詰めるのは地元のベテラン熟年スタッフたち。発酵が均一に進むように納豆菌を吹きつけてから室で発酵させ、さらに冷蔵庫で熟成させれば完成である。一般的なカップ納豆に比べて大豆に小皺が多く、やや固めの出来上がりが特徴なので、しっかり歯を動かすと、突然、大豆のうま味が湧き出てくる。素朴な味わいのおいしさと懐かしさに、はっと目を見開いてしまう瞬間である。

納豆の藁開くとき畦にほふ　　千恵子

凍みこんにゃく

「しみる」という言葉は、水が傷にしみる、だしが大根にしみる等いろいろな意味に使われる。じわじわじゅんじゅんと広がっていくイメージは、「染みる」と書くのがふさわしい。でも、わたしの場合は「凍みる」を真っ先に連想する。寒中の時季、材料を野外で乾燥させる伝統食品が日本各地で生産されているからだ。寒冷だが雪がふらない地域の気象条件を活用する技術で、夜間の寒さで凍り、太陽が出る日中には溶けて水分を出しと繰り返すうちに、凍結乾燥によってからからに干し上がるのである。

できあがった「凍みもの」は、和食に必要不可欠なうえ、ヘルシーな食材として海外でも注目を浴びている。寒天、寒干し大根、氷餅などだが、寒天以外は食遺産化しつつあるのが現状。ただの食材ではなく〝食財〟と呼ぶべき宝物なのに何とももったいない。ちなみに、諏訪や大町特産の氷餅のように、現地よりも都会で客の目にふれている凍みものもある。和菓子にトッピングされている、きらきら光る雲母のようなあれは、氷餅をフレーク状に砕いたものなのである。

凍み豆腐（高野豆腐）も元々は凍みものだが、残念なことに今や機械乾燥が常識で、仲間から外れた。

寒天産地の信州の諏訪や伊那、あるいは寒干し大根の神岡町などへ出かけるときは、南極か北極に行くぐらいの防寒対策が必要だ。雪国と違って湿気がないため、寒気がきーんと五体に突き刺さってくるのである。

意外だが、関東地方にも同様な気候の地域がある。それは茨城県・奥久慈地方。水戸から北へ車で一時間半〜二時間、すぐ先は福島という県境にあり、中心は大子町。凍結のニュースが毎年必ずテレビに映る袋田の滝のある町で、滝が凍るほどだから、もちろん田んぼも凍る。

木 曽 颪 氷 蒟 蒻 灯 り け り　　池月一陽子

この風土が育てた逸品が凍みこんにゃく（略して凍みこん）で、現代は奥久慈だけが食用の凍みこんをつくっている。歳時記にある氷蒟蒻のことだが、奥久慈ではそうは呼ばないから、前掲の池月さんの句は木曽おろしが吹く伊那あたりを詠んだものかもしれない。伊那は寒天産地だけに、氷蒟蒻もつくっていたのだろうか。なお、最近は、普通のこんにゃくを家庭の冷凍庫で凍らせたものを「氷こんにゃく」と称している。

こんにゃくはグルコマンナンという体内で消化しない多糖類のおかげでお腹の掃除に効果大だし、ノンカロリーでもある。この特性は凍らせても不変なことから、氷こんにゃくも話題になっているのだが、奥久慈の凍みこんにゃくとは食感も味も似て非なるものだから、お間違いなきようご注意いただきたい。

本物の凍みこんは厚さ五ミリほどの名刺サイズ。かさこそした手ざわりの乳白色のスポンジ状で、一枚で生こんにゃく一丁分の繊維質を含むのだからすばらしい。

枯木かげ夜の蒟蒻氷りけり　松瀬青々

もっとも、製造の手間ひまのかかりようは半端ではない。稲藁を敷きつめた凍て田に、生のこんにゃく芋からつくった古式製法のこんにゃくの薄切りを並べるのだ。光景としては正月のかるた大会のような感じである。そして、夜間凍結と日中の解凍を繰り返すと、水分とアクが抜けてごく軽量の乾物に変身するのだ。

おまけ情報だが、凍みこんは、生芋だけに含まれるセラミドの働きで、戻してから顔をこすると肌がつるつるになる。また止血材に使えるほど液体の染みがよい。美肌効果は別として、染み込みのよさは料理には好都合だし、こんにゃく固有のしこしこぷるんとした食感も楽しめるから、メニューの幅は予想外に広い。

調理の基本はしっかり下味をつけること。生産者のおたくでは、各種煮物のほか卵とじにしたりもする。いずれも煮汁がじゅわっと広がる食感がたまらない。フライ、きんぴら、おこわの具にしても楽しい。この生産者は近年、輸出に熱心で、海外でスープの浮き実としてアピールしたら反応がよかったそうだから、まだまだ新工夫の余地がある。

父の忌や凍蒟蒻を白和へに　　高野ふよ子

精進料理の材料にもうってつけだ。高野さんには〈凍蒟蒻一片残る斎の膳〉という句もあって、凍みこんに思い入れが深い。ご出身地を知りたいところである。

おもしろいのは、凍みこんの大消費地が山形県米沢市や長井市という現実。「冷や汁」という、冬でも冷たいまま食べる郷土料理に入れるのだ。長井市には甘味を含ませ、小麦粉の衣をからめて揚げる「つり揚げ」があり、仏事に欠かさない。

凍み蒟蒻野づら一面しろがねに　　千恵子

おでん

すっかりおなじみになった都会のおでんは、コンビニおでん。今日も今日とてレジ脇でいい匂いを立ち上らせている。販促セール中ならば一個ほんの七十円なり。そんな値段のおかげで、お勘定のついでに二、三個買っていく人が多い。

俄か寒おでん煮えつつゆるびけり　　水原秋櫻子

おでんは小腹満たしにうってつけだし、冷え冷えになった体と心をすばやくあたためてくれる。秋櫻子師も多忙な日々の合間におでんで一息入れられたのだろう。それはコンビニおでんとは対極にある、奥様の心づくしの味だったに違いない。もしかして高弟であれた殿村菟絲子師が同席した晩があったかもしれないと思うと、胸おどる。

ともあれ、豆腐田楽が世に広まるにつれて、「おでん」というやわらかな名前に転じ、それが多様化したのが今のおでん。そもそもは焼き豆腐に味噌を塗り付けただけのものだったが、こんにゃく、大根なども使われ始め、やがて炊き合わせになったのである。

なお、関西では関東炊きとも呼ぶが、静岡おでんや姫路おでんなど各地に名物おでんのある現代、おでんは全国共通語といえるだろう。

ちなみに、静岡おでんは、青魚の魚肉入りの黒はんぺんという練りものが必須材料で、食べるときにはだし粉（削り粉、いわし粉とも）という煮干しの粉を振る。青魚にはEPA（エイコサペンタエン酸）などアンチエイジングに効果大の成分が多いから、静岡県民はおでんで成人病対策をしているともいえる。それにしても、海の風味でやけにふとっ腹な気分にさせてくれるおでんである。

人気上昇中なのは姫路おでん。生姜醬油をかけて食べるのが特徴で、生姜の効果で体がほかほかしてくる。わたしは子供郷土料理コンテストの審査員をしたことがあり、姫路おでんの小学生チームが出場して、壇上でのプレゼンテーションでおでんのおいしさを説明したときの誇らしげな顔と張り切った声が忘れられない。郷土おでんは地域の住人全員の自慢料理なのである。

おでん煮えさまざまの顔通りけり　　波多野爽波

おでんの味の決め手は、つゆである。おおむね、関東風の濃口醬油使用の黒つゆと、関西風の薄口醤油か白醤油味の白つゆに分けられ、色の違いこそあるものの、かつお節と昆布だしを合わせるので、いずれもあっさり味に仕上がる。おでんは煮ているうちに、種いろいろの風味や油っけが一つにまとまっていい具合になるが、さらにコクがほしい場合には鶏がらを加えるといい。

醤油は、濃口、薄口という分類だけではかれない。なぜなら、産地の気候風土のもと、その土地その蔵に固有の酵母菌などの力で発酵、熟成したものがあって千差万別なのだ。そのうえ、甘口の九州といわれるように、地醤油は地域差が大きく、それがおでんつゆに反映してくる。

忘れられないのは、師走のある晩、博多西中洲の「安兵衛」という老舗おでん屋でのこと。黒々とつゆの染みた大根や手づくりがんものうまさに浸っていると、ねじり鉢巻の親父いわく「地元の醤油でなくっちゃ、うちの味は出ないよ」。そこまで言ってくれるのだから、全国の醤油屋さんたち、本物の伝統醤油をつくってくださいな。

夫あらば子あらばこそのおでん種　角川照子

おでんの楽しみはまだある。つみれ、袋、牛すじ、しんじょ詰めなど種に凝ることだ。

出来上がりが多少不揃いでも、手づくり品があると一気に盛り上がる。たとえ茹でじゃが芋や茹で卵でも、家族は喜んでくれるだろう。

はんぺんの膨るる機嫌おでん鍋　　河合寿子

あまり知られていないけど、はんぺんは鮫肉の活用から誕生した江戸発祥の練りもので、東京人のおでん好きには、これにこだわる人が多い。わたしもおでん屋では「どこのはんぺん?」と訊いてしまう。日本橋「神茂」か、築地「佃権」の手取りはんぺんという答えなら大満足だったが、佃権は惜しくも廃業してしまった。

ともあれ、家庭でも気に入りの種を一、二品でもいいから揃えると楽しさが倍増する。近年は、蟹肉をすり身と合わせて甲羅や爪に詰めた蟹面、蟹爪という富山の製品や、鮮魚のみでつくるのが自慢の豊橋の「ヤマサちくわ」の種などもお取り寄せできるので便利だ。

さて、ぼちぼちおでんの季節到来。木枯らしに背中を押されて急ぐ晩は、おでんの湯気と燗酒であったまろう。

旧友待つおでんの暖簾くぐりけり　　千恵子

あんこう・あんこう鍋

鍋の季節には、夜ごと鍋料理でも飽きないが、わいわいと囲みたい鍋、差し向かいがおつな小鍋立てと、状況によって内容を変えたいところだ。二人鍋なら、すっぽん鍋やあんこう鍋がいい雰囲気だけど、時代は変わった。すっぽんが美容効果抜群のコラーゲンのかたまりだと知られて以来、女子会の人気ものになってしまったのである。

鮟 鱇 鍋 路 地 に 年 月 重 ね た り　　　鈴木真砂女

その点、あんこう鍋は路地にひっそり暖簾をあげた店の味というイメージが強く、カウンターか小上がりで静かにつつきたくなる。東京風の煮方では割り下を用い、うどや三つ葉、柚子を脇役にするから香りがよく、小粋に仕上がる。真砂女さんが銀座の路地で営んでいた小料理屋はどんぴしゃりの設定だったが、わたしはずいぶん昔に大叔母や母に連れていかれたことがあるだけである。

もっとも、神田、築地、四谷荒木町などにもあんこう鍋自慢の店があるから、いつでも行かれるのに、あまり心が動かない。というのは、二十代前半の頃に茨城へあんこう取材に行き、目の前で吊るし切りの一部始終を観察したからだ。もっと衝撃的だったのは、何から何まで一緒にぐつぐつ煮込んだ味噌味の鍋のすさまじいおいしさ。つまり、「あんこうなら茨城」と、頭に刻み込まれてしまったのだ。

鮟鱇の骨まで凍ててぶちきらる　加藤楸邨

あんこうは深海魚で、体にうろこはなく、身は水分が約八割を占める。顔の先端についたひもをひらひらさせ、魚をおびきよせては大きな口でぱくりとやる。「あんこうの餌待ち」という譬えは、口をあけてぼんやりしている様子をさすが、実際のあんこうはいざというときは俊敏なのだ。

そんなふうに獰猛なのに、総身に美味が行きわたっている。順にいえば、やわらかな白身の肉、ぷりぷりのえら、こりこりの水袋（胃）、ひだひだのぬの（卵巣）、しこしこのとも（ひれ）、ぬるりとした皮、ねっとり濃厚な肝。この七つは古来から「七つ道具」として珍重されてきたし、水戸藩が特産品として将軍家に献上していたので、それにならって江戸っ子もあんこう好きになったらしい。

ちなみに日本近海に棲む食用あんこうの代表は、クツアンコウとキアンコウの二種で、とくに茨城県沖でとれるクツアンコウは、「常磐物」とか「水戸のあんこう」と呼ばれる高級品。献上品の威光がものをいっているのであろう。

でも、あん肝は成り上がりものだ。昔は身だけが使われ、肝はぽい捨てだった。ところが、肝のとろりとしたおいしさを熟知している地元の民宿が、安くてうまい食材として大いに活用したため、都会からの客に「あん肝」という名が浸透し、一気に高級食材にのし上がったのである。

鮟鱇鍋昔話の佳境なり　小野田征彦

茨城では「あんこうは梅の咲くまで」と言い、早春までを食べどきにしている。いかにも梅で名高い偕楽園を擁する土地らしい。あんこう自慢の町は多いが、漁師料理なら福島県境近くの平潟がいい。ふだんはひらめやかれいの底引き漁が盛んだが、冬はあんこうが主役なのだ。

あんこうはぶよぶよしているので、まな板に置いたのではおろしにくい。そこで、鉤に吊るし、口から水をたっぷり入れて重石代わりにしてからさばくのだ。これが吊るし切りで、最後には唇だけになって寒風にさらされる。「あんこうは唇ばかり残るなり」という川柳のとおりである。

吊るし切りは一気呵成のパフォーマンス。垂れ下がったあんこうの腹を出刃包丁で裂き、フォワグラのような肝を取り出す。次は、飲み込んでいた小魚を胃袋からかき出す。ひれを切り取ると、唇の回りに浅く切れ目を入れ、黒い皮を下方へくるりと剝く。現れるのはピンク色の魚体で、身をそぎ取って、骨だけにするまで十分もかからない。

さて、調理だ。肝を包丁で叩いて空炒りし、脂が滲んできたらぬめぬめぬらぬらの七つ道具をどさっと入れ、大根のいちょう切りを放り込む。水、味噌を加えてぐつぐつ煮て、黄金色の汁から濃厚な香りが立ったらもう食べ頃。

とも酢は、七つ道具をゆでて一口大に切り分け、酢味噌で和える。肝はあらかじめ空炒りしておくと味が優る。あん肝は、塩をふって蒸して、ポン酢でさっぱりいただく。

以上、いずれの料理もビタミン、コラーゲンの宝庫だから、こってりしているようだが、味は意外に軽やかである。

鮟鱇の吊るされしより北風かな　千恵子

桜鍋

このところ江戸料理や日本橋をテーマにしたものを書いているので隅田川界隈へよく出かける。下町生まれのわたしにとっては〝ふるさと〟だから足どりは軽いが、財布も軽くなるのが玉にキズ。下町ならではの食べもの屋の前を通りすぎることができないのだ。

たとえば、けとばし屋。けとばしとは馬が後ろ足で砂を蹴り上げるさまに由来し、馬肉料理屋のことだ。味噌味の鍋が看板で、その名は桜鍋。桜とあるが季語としては冬。語源は肉が桜色だからとか、「咲いた桜に何故駒つなぐ駒が勇めば花が散る」という都々逸からとか諸説あるが、要は、獣肉食いの衝撃をやわらげるために隠語にしたのだ。

馬肉鍋に何言ふとなく諍へり　石川桂郎

深川は、森下町の「みの家」。看板の桜印が気分を盛り上げる。場所柄、木場関係者や噺家が常連に多く、先代桂文楽や志ん生も通った。また、石田波郷は読売新聞に連載した『江東歳時記』でこの店を紹介し、「暖簾割る夜寒の肩をつらねけり」の句を残している。

「みの家」の馬肉は味のよいサーロインとリブロースばかりで、味噌は八丁味噌と甘味噌の合わせ仕立て。「上等な肉だから、味噌は匂い消しというよりコクをつけるため」だそうで、さっと火を通せばもう食べ頃。馬肉は脂肪の融点が低いため、温める程度で脂のうま味が舌に広がるのだ。

おそく来て若者一人さくら鍋　深見けん二

下町のもう一軒は、吉原通いの土手道があった日本堤の「中江」。この界隈、『助六』『籠釣瓶』など歌舞伎の人気狂言の舞台である。樋口一葉は『たけくらべ』で明治の吉原で育った少女を描いた。

その時代の吉原で桜鍋は生まれた。ときは明治、牛鍋が流行りだした頃。吉原へ馬でやってきた客が蕩尽して支払いに困り、馬を売って金を用立てた。その馬の肉を牛鍋風に仕立ててみたら、これはいけるとなり、桜鍋と名付けて売り出したところ、みごとに当たったのだ。精がついてうまくて安い。吉原へやってくる人々にとっては、重宝しごくな食べものだったのである。

「多いときは同業が数十軒もあったそうですが、今はうちだけ。馬肉は不飽和脂肪酸に富み、高たんぱくで低カロリー。女性には美容にもいい。そうそう、馬力という言葉は馬肉を食べるともりもり元気になることが実証されて、ここ吉原で生まれたんです」と、四代目主人。じつは、桜鍋が吉原発祥とは、この方から聞いた新事実である。

「中江」の桜鍋も鮮やかな紅色の肉は甘くてむっちり、それでいて、味噌仕立てで淡白だから箸がどんどん進む。六年以上育てて充分に味がのった馬を使っていればこそのおいしさだ。鍋の締めは、煮汁を卵でふんわりとじてご飯にかける、「あとご飯」と称する食べかたがおすすめ。間違いなく馬力がつくはずである。

余談だけれど、馬肉のロースに付いた黄色い脂肪は「黄あがり」と呼ばれる極上の脂だ。この脂の端切れを溶かした馬油は、火傷はもちろんのこと、冬の水仕事で手が荒れたときの特効薬である。

桜鍋高遠どこも川音す　若月瑞峰

馬肉を食べる土地としては、熊本、会津などが知られているが、いずれも刺身が中心である。だが信州は刺身にも桜鍋にも定評がある。この句は、高遠が桜の名所であることを踏まえたもので、鍋のおいしさを知っている人にとっては、食欲も旅心も誘われる刺激的な一句である。
信州の桜鍋では、下諏訪温泉「みなとや」の夕食が忘れられない。主人夫婦だけで営む民芸の宿で、自慢の露天湯は底に沈めた玉石がお尻をくすぐって、体の芯までほぐしてくれる。夕食どき、地酒で山菜の小鉢あれこれと馬刺しを交互に楽しんでいたら、鍋が運ばれてきた。わくわくしながらのぞくと、やっぱり桜鍋であった。割り下の味噌味がこまやかで、きっぱりした後口が信濃らしい。残った汁をご飯にかけ、自家製たくあん、野沢菜漬をぽりぽりやりながら、ご飯を二杯もお代わりしたものだ。

桜鍋囲む下町同窓会　　横山良江

こんな桜鍋が、最近は若い女性にも人気で、深川、吉原の二軒はいつも華やいだ声で賑わっている。男性並みに仕事すれば、食べるものだって男専科のけとばしに魅かれて当然だし、なにより馬肉は美肌にいい。横山さんの句の光景は、卒業から間もない若いお嬢さん方だったのかもしれない。

頼みごと後回しにし桜鍋　　千恵子

焼鳥

焼鳥屋は東京・新橋駅周辺を始めとするサラリーマンタウンのシンボル。煙もうもうに誘われて暖簾をくぐれば、お値段手軽で、小腹満たしにうってつけの串が待っている。ちなみにわたしの地元の渋谷駅周辺も焼鳥屋が多く、止まり木で憩う人たちをしじゅう目にするし、女性同士が一杯やりつつ串を楽しんでいる場面も今では珍しくない。

焼鳥や止り木に飲む漢どち　髙平嘉幸

焼鳥を歳時記・冬の巻に発見したときはびっくりした。店頭で年中、煙を振りまいているのに、なぜ冬なのか。わたしなりに推測すると、野鳥を用いるジビエ・メニューが焼鳥の始まりだったのではないだろうか。なお、焼鳥の屋台は、明治以降にもっとも安価な店として広まったものだ。

大靄に焼鳥の串落としけり　長谷川かな女

現代よりも猟師が多かったから、山野の鳥——鴨、ガン、シギ、雀などが使われただろうし、高級料理の鶏鍋には使えない鶏の端切れ肉や内臓が活用されたのも想像にかたくない。そして、越冬にそなえて体に脂肪を貯える野鳥の類は、冬が旬である。だいいち、野鳥であろうと鶏であろうと、野外の寒空の下、炭の火床で串刺し肉がじゅうじゅう焼けていく様子は俳人の心に暖をもたらす……。だから、焼鳥が冬の季語になった。わたしの推論はいかがだろう。

ともあれ、こんな気分を高平さんやかな女の句はよくとらえている。

焼鳥の灯や橋渡る間に暮れて　小屋照子

時代が下って養鶏が本格化すると、きちんと店を構えた焼鳥屋が生まれ、一方で牛や豚のもつ焼きも考案されて、「焼鳥」というくくりに収斂される。さらに、ブロイラーが導入されると、焼鳥は噛みしめ味わうものから香ばしくて柔らかなタレ焼き食品になり、惣菜売場にも並ぶようになった。

ところが、世の中はよろず揺り戻しが付きもので、焼鳥も「昔の味が懐かしい」という声が出てくる。それが地鶏ブームにつながり、各産地でも肉質がしっかりした銘柄鶏を売り出したから、味にこだわりを持つ焼鳥屋はブランドを押し立てるようになる。といって銘柄鶏は値が張るから、ブロイラー使用の大衆店の人気も衰えることなく、日本人は夜な夜な煙もくもくの店に吸い込まれているのである。

焼鳥の煤けし暖簾肩で押す　田上さき子

ここで、地方の焼鳥事情に目を移そう。肉はいろいろなのに、食感は噛みごたえがあって、どれもなかなかだ。たとえば農水省の「農山漁村の郷土料理百選」のなかで御当地人気料理にリストアップされた埼玉県東松山市の焼鳥。「焼きとん」とも呼ばれ、豚のカシラ肉を主役にして、一口大切りをねぎと交互に串に刺し、塩焼きにピリ辛の味噌だれをつけて食べる。昭和三十年代に誕生したらしい。

カシラとは沖縄の市場でよく見かける豚の面のことで、軟骨成分が含まれているから適度にしこしこ感があり、顎をしっかり使って食べなくてはならない。そのがっつり感が喜ばれ、焼鳥界の超人気アイテムである。

顎を使う点では、福井県民が熱愛する「秋吉」の焼鳥も負けない。最近は全国展開しているが、本店は福井市片町にあり、メニュー名を〝純けい〟という廃鶏の塩焼きが一番人気。廃鶏とは卵を産まなくなった雌鶏のことで、そのせいか、ブロイラーに比べると肉の部分が薄くて、串の造りも小ぶり。五本一組が決まりで、辛子または唐辛子入りにんにく味噌で食べるのが福井スタイル。廃鶏肉だけに柔らかくはないが、嚙み締めるうちにじんわりうま味が感じられてくるのがミソ。

ところで、福井県民の大好物の上庄里芋は、いくら煮ても煮崩れせず、嚙みしめて食べるのが常識。これでないと県民は里芋と認めないくらいだ。そんな堅いもの好きの気質が、〝純けい〟を生んだに違いない。

一方、宮崎県の天然記念物・地頭鶏《じとっこ》をルーツにもつ「みやざき地頭鶏」の炭火焼きも嚙み締めタイプ。細かく切った鶏肉を塩味で網焼きするのだが、燃え盛る炎で燻しながら火を通すため、仕上がりは黒々して、みばははなはだ悪い。それなのに、柚子胡椒をまぶして頰ばると、弾力が心地よく、炭火の遠赤外線効果で味が深く、芋焼酎のお湯割りがどんどん進んでしまう。ということで、日本全国どこに行っても焼鳥は浮世の憂さを吹っ飛ばす強い味方になっている。唯一、冬だけしか俳句に詠めないのが玉にキズである。

焼鳥や街に潜みし山の味　　千恵子

鯛焼き

拙著の『日本のごちそう　すき焼き』（平凡社）は、すき焼きをテーマにした本としては二冊目になる。初めて『すき焼き通』（平凡社新書）を書いたときは「天下の奇書」と評されたものだが、わたしは「もっと励め」と言われたと解釈し、引き続きすき焼きを食べ歩いた末に、第二作を出版させていただいた。

ところで、奇書という点では、『たい焼の魚拓』（ＪＴＢ出版局）という、拙著の上を行く楽しい一冊がある。河馬や花の写真で知られる宮嶋康彦さんが全国の鯛焼きを行脚し、その魚拓をとって、さらにエッセイを添えている。鯛焼きは、大ヒット曲『およげ！たいやきくん』の歌詞にあるように「鉄板の上で焼かれて……」いるものが多いが、宮嶋さんは鯛の焼型を付けた長鋏で焼く一匹仕上げに愛着し、この手を「天然物」と称した。鉄板で焼く「養殖物」のほうには眼をくれず、ひたすら一匹焼きの鯛焼きだけを探し回り、魚拓エッセイ集にまとめたのである。

前へすすむ眼して鯛焼三尾並ぶ　　　中村草田男

それだけに鯛焼きへの愛情がぎっしり。形の多種多彩ぶりにびっくりしつつ、魚拓に見入ってしまった。東京の鯛焼き御三家の人形町甘酒横丁の「柳屋」、四谷の「わかば」、麻布十番の「浪花家総本店」を皮切りに、北海道から九州まで、なんと三十七軒三十七種の鯛焼きが登場していた。

昭和中期には鯛焼き論争があった。演劇評論家で直木賞作家の安藤鶴夫さんと、食道楽で知られた映画監督の山本嘉次郎さんが鯛焼きについて大真面目に論じ合ったのだ。安藤さんが尻尾まであんこが入っている「わかば」に食べものづくりの誠実さを感じると誉めれば、かたや山本さんは、鯛焼きの尻尾は箸休めだからあんこ入りはしつこいと、尻尾をかりっと仕上げる「浪花家総本店」の肩をもった。砂糖がまだ貴重だった時代の論争だったことを思うと、安藤さんの言い分もわかるし、食味重視の山本さんの主張も納得できる。大人が甘味について夢中で言い合って楽しめる時代が、日本にもあったのである。

鯛焼や命なけれど温かく　　　長谷川　櫂

わたしは、今まで紹介されたことのないお宝ものの鯛焼きを知っている。十年ほど前の初冬に、国境の島・対馬で見つけた味で、空港から車で北部へ急いでいるときにたまたま出合ったのだ。対馬という名称は、細長い二つの島が向き合った姿を対の島に譬えたことに由来するが、現代では二つの島は鉄橋でつながっている。南側の下島からその橋を渡ろうとする手前で、わたしは鯛焼き屋の看板に気づき、運転手さんに思わずストップ！ と叫んでしまった。

対馬はリアス式海岸に囲まれた深い森の島で、島の南北を結ぶ幹線道路沿いですら、真っ昼間でも森閑としている。にぎやかな下町のイメージが強い鯛焼きが、そんなところで売られているので不思議に思ったのだが、買い求めて形にびっくり、そして意外な美味に小躍りしてしまった。

二尾の鯛が向かい合い、巴形になっている。この形がまず珍しいうえ、北海道産小豆を使い、無添加鯛焼きとうたっているのも進んでいる。そして、焼きたてをぱくりとやると、かりっかりの皮からじゅわっとあんが舌にのってきて、なんとも軽やかかな甘さ。皮ともよくマッチした味わいだった。ちょうど寒い季節だったので、胃が心地よくあたたまり、鯛焼きをにぎり締めた手指まであたたかくなったのをよくおぼえている。

鯛焼きに残るぬくもり漱石忌　槇　秋生

鯛焼きは、同類の今川焼きとともに冬の季語。今川焼きとは、江戸時代に神田今川橋で売り出されたことからの名称で、形が似ていると太鼓焼きとか大判焼きとも呼ばれるようになった。

鯛焼きは前述の麻布十番の店の初代が、今川焼きの型を鯛の形に替え、明治末期に麹町で始めたのが始まりだという。その後、その方は飛行船型やバナナ型なども次々に考案したが、けっきょく最後に残ったのは鯛焼きだけだったそうな。古今東西、日本人はめでたい鯛が大好きなのだ。

槇さんの句からは、日本人が鯛焼きをいとおしむ心情がしみじみと伝わってくる。東京の下町生まれで甘党だった夏目漱石も、きっと鯛焼きが好物だったに違いない。なお、槇さんには、「皮薄きところ鯛焼き熱かりき」という句もある。鯛焼き好きでなければ気が付かない微妙な感覚だ。

ポケットの鯛焼きに手を当てており　千恵子

クリスマスケーキ

ハロウィンの喧騒が過ぎたと思ったら、クリスマスシーズンの到来。この国は、舶来というだけで何でも大喜びで受け入れてしまう。わたしもその一人であって、キリスト教徒ではまったくないけれど、十二月二十四日にはケーキを一切れでも食べないと落ち着かない。

クリスマスイブにはケーキ丸ごと一個の大包みを抱えて帰らないと、一家の長としてのかっこがつかない——という風潮が生まれたのは、昭和三十年代のこと。第二次世界大戦直後、洋菓子材料が入手できなかった頃には、ケーキ職人たちはやむなく進駐軍の将校クラブやPXで働いたそうだが、そこで目にしたのは、あでやかな七面鳥の丸焼きとクリスマスのデコレーションケーキ。

まあ、誰もかれもが目を見張ったにちがいない。そして、日本が復興し始めると、彼らは町場に戻って店を再開したり新規開業したが、そのうち何人かのアイディアマンが、おそらくは同時発生的に、教会のミサやサンタクロース等をロマンティックな夢いっぱいのイメージとして強調し、きらきらしたケーキをクリスマスの必須アイテムとして売り込んだ。店頭にはツリーを飾り、ケーキには「メリークリスマス」のカードやリース、砂糖菓子のサンタなどをかわいらしくあしらったところ、これが大当たり。

　高度経済成長期にバリバリのサラリーマンだった男性にうかがったら、あの時代はクラブやキャバレーでケーキのお土産付きパーティ券を売り出したもので、クリスマスケーキを抱えてのご帰館はそれが始まりではないかとのこと。あれあれの打ち明け話である。ともあれ、歳時記では、クリスマスケーキ、聖菓はクリスマスの類語として冬の季語になっている。


　あれを買ひこれを買ひクリスマスケーキ買ふ　　三村純也

クリスマスケーキそのものも変遷してきた。当初はマーガリン混じりのバタークリームもどきを絞り出したピンクや緑の薔薇がデコレーションの中心だったが、良質の生クリームが出回りだすと、ホイップクリームと苺のコンビが子供たちの人気を独占した。

三村さんの句からは、おもちゃやマフラーなどのプレゼントを買い込み、最後にケーキの箱を加えて大荷物で帰宅するお父さんの姿が浮かび、バックコーラスのように子供たちの歓声が聞こえてくる。そういえば、そんな光景も最近は少なくなった。すべてネット通販なのだろうか。

ひとひらの花瓣のごとく聖菓享く　　立原修志

話をケーキにもどすと、昭和四十年代からは薪の形をしたブッシュドノエルが流行した。フランス語では「クリスマスの薪」の意味。その頃から欧米の一流シェフやパティシエが日本で開店するようになり、本場の本物を広めたのだ。フランス菓子では六本木の「ルコント」が先駆けで、クリスマスにはロールケーキにチョコレートクリームを塗り、フォークの先で木目を付けて、木の実を飾った〝薪〟が大流行りした。従来の丸形ケーキとは一味違う本場風デザインが若い女性の心を踊らせたのである。

どの子にも星の乗るやう聖菓切る　　渋谷乃里子
聖菓抱き光の街へ自動ドア

そして現代は、クリスマシュトレンがクリスマスケーキ界の先頭を行く。ドイツ発祥のイースト生地の焼き菓子だ。洋酒で漬け込んだ木の実やドライフルーツ、香辛料がどっさり入った生地を香ばしく焼き、粉砂糖をまぶして純白に仕上げ、透明セロファンできっちり包んである。時間をおくほど味が熟成するケーキなので、十一月のうちに買って、クリスマスイブまでを指折り数えながら待つのも楽しみのうちだ。

このケーキは、産着にくるまれたキリストの姿をかたどったものといわれ、ドイツではシュトレンのコンクールまであって、優勝者は洋菓子マイスターの中でも最高の栄誉を得られる。広島の廿日市市には、コンクールで金メダルをとった日本人の職人が開いたドイツ菓子店「コンディトライ・ノエルダーシェフ」があり、わたしは毎年ここのシュトレンを欠かさない。なお、ドイツではクッキー生地で組み立てるヘキセンハウスというお菓子の家もクリスマス名物だ。

一方では、手作りのクリスマスケーキにまさるものはないとも思う。今年は、スポンジケーキ、苺、生クリームだけのシンプルなショートケーキをつくりたい。もっとも、苺はあまおう、生クリームは自然放牧牛ミルク製、スポンジ生地の卵やバターにも大いにこだわり、砂糖は和三盆糖で……。あれあれ、市販のケーキより高くつきそうだ。

クリスマスケーキ裸眼にまぶし飴細工　　千恵子

あとがき

　ベランダのゴーヤが育ち始めた。いぼいぼの紡錘形が風に揺れているのはうれしい眺めだが、その実が付いている蔓の根元に目を移すと、もっと楽しい。

　パイナップル、青じそ、バジル、アボカド、ローズマリーなどがプランターに茂っているのだ。そして周囲には、鮑や牡蠣の殻が差し込まれ、土の中には昆布の切れ端が入っている。みんなわたしの仕業で、ハーブ類だけは買ってきた苗を育てているのだが、他は食べたあとの有効活用だ。小さいとはいえ、それなりの生態系が出来上がっているのである。

　でも、パイナップルは残った先端部分を土に刺しただけだし、アボカドは種子を埋めたら芽が出てきた。鮑や牡蠣はみごとな殻に見とれ、捨てるに捨てられずに仮置きしているうちに居すわったもの。貝殻のカルシウムが土の養分補給になるという浅知恵もあった。養分といえば、昆布は出しがらを佃煮にするだけでは余ってしまうので、プランターに埋めてみたところ、植物の育ちがよくなったため、それ以来、だしとりの後の行き場所になっている。

そんな具合に、わずかな面積のベランダにも食材がぎっしり詰まっていて、公私ともに「食」から離れられない自分を笑ってしまう。というより、人は誰でも、食べものと共生しているのだとも実感している。

そんな思いを抱きながら、所属結社「繪硝子」に食べ物俳句のエッセーを連載してきた。本書は、本阿弥書店の『俳壇』に書かせていただいた文章や、結社誌『繪硝子』掲載のエッセーをまとめた『食べる俳句』(本阿弥書店)の続編にあたる。そのため、取り上げる食の季語の選択に頭を悩ませたが、それでも食に関わるすばらしい季語はまだまだたくさんある。これからも自分なりに、書き続けていきたいと思っている。

というのも、俳句の先人、ご指導くださる先生方、俳句仲間たちの句から浮かぶ光景と、それにまつわる記憶をたぐるのは、わたしにとってかけがえのない時間だからだ。おいしい思い出だけでなく、ときには悲しくつらい出来事もあったが、すべて自分の歩いてきた道であり、今後の旅にもつながっている。

読者の皆様には前著の『食べる俳句』と併せてお読みいただけると、たいへんありがたい。どうぞよろしくお願いいたします。

＊

本書もまた大勢の方々のご協力のもとに、一冊にまとめることができました。

連載時には「繪硝子」主宰の和田順子先生をはじめとして、倉橋廣編集長、編集部の石澤敏秀さんと小野英明さん、印刷所の種山栄子さんにたいへんお世話になりました。皆様の応援があってこそ、全一〇〇回の連載を書き続けることができたのだと思います。また、結社の諸先輩からのご声援も励みになりました。

書籍化にあたっては、本阿弥書店の安田まどかさん、黒部隆洋さんにご協力いただきました。

皆様、どうもありがとうございました。

そして、俳句に導いてくれた大叔母の向笠和子、母・向笠千鶴子に感謝します。二人とも百歳への坂を上り始めていますが、これからも激励してくれることを願っています。

令和元年秋　　初物の葡萄を賜りし朝に

向笠千恵子

著者紹介

向笠千恵子（むかさ　ちえこ）
フードジャーナリスト、食文化研究家、エッセイスト

殿村菟絲子師主宰の俳句結社「万蕾」を経て和田順子師の「繪硝子」に所属し、同人。俳人協会会員。東京・日本橋出身。慶應義塾大学文学部卒業。日本の本物の味、安心できる食べもの、伝統食品づくりの現場を知る第一人者で、フードジャーナリストの先駆け。志をもった生産者、おいしさ、民俗、歴史、器などを多面的にとらえながら、現代の食を綴り、また語っている。

内閣府と農水省の「ディスカバー農山漁村（むら）の宝」有識者懇談会委員、「本場の本物」審査専門委員長など審議会委員も務める。「良い食品づくりの会」会友。消費生活アドバイザー。生産者と消費者の交流、スローフード運動にも積極的に参加している。

最新著『ニッポンお宝食材』（小学館）のほか、朝食再認識の契機となった『日本の朝ごはん』『日本の朝ごはん食材紀行』（ともに新潮社）、『人形と和食つれづれ風土記』（青蛙房）、『日本人が食べたいほんもの』（新潮社）、『食べる俳句』（本阿弥書店）など著書多数。『食の街道を行く』（平凡社新書）でグルマン世界料理本大賞グランプリを受賞。

NHK ラジオ『ラジオ深夜便』に出演中。

ホームページ　http://mukasa-chieko.com

おいしい俳句《はいく》　続《ぞく》・旬《しゅん》の菜事記《さいじき》

2020年２月20日　第１刷

著　者　向笠千恵子

発行者　奥田　洋子

発行所　本阿弥《ほんあみ》書店

東京都千代田区神田猿楽町２－１－８　三恵ビル　〒101－0064
電話　03－3294－7068（代）　振替　00100－5－164430

印刷・製本　日本ハイコム㈱

定価はカバーに表示してあります。

ISBN978-4-7768-1447-4 C0092（3163）　Printed in Japan